现代批评理论
研究文献

陈永国　著

山东画报出版社

图书在版编目（CIP）数据

现代批评理论研究文献／陈永国著. --济南：山东
画报出版社，2022.6
ISBN 978-7-5474-4202-9

Ⅰ.①现… Ⅱ.①陈… Ⅲ.①外国文学—现代文学—文
学评论 Ⅳ.①I106

中国版本图书馆CIP数据核字（2022）第073118号

XIANDAI PIPING LILUN YANJIU WENXIAN

现代批评理论研究文献

陈永国 著

责任编辑 陈先云
装帧设计 李海峰

出 版 人 李文波
主管单位 山东出版传媒股份有限公司
出版发行 山东画报出版社
　　社　　址 济南市市中区舜耕路517号 邮编 250003
　　电　　话 总编室（0531）82098472
　　　　　　　市场部（0531）82098479　82098476（传真）
　　网　　址 http://www.hbcbs.com.cn
　　电子信箱 hbcb@sdpress.com.cn
印　　刷 日照日报印务中心
规　　格 150毫米×228毫米　1/32
　　　　　 5印张　145千字
版　　次 2022年6月第1版
印　　次 2022年6月第1次印刷
书　　号 ISBN 978-7-5474-4202-9
定　　价 40.00元

如有印装质量问题，请与出版社总编室联系更换。

目
录

··

序　言

　　本书呈现的内容是 20 世纪初以来西方（主要是欧洲大陆）兴起的至今未艾的批评思潮中的一些关键因素。这场思潮首先是语言探索、哲学思考与各种不同学科研究的杂糅，继而波及文学批评和文化批评，从而形成了一股巨大的思想洪流，冲击着 20 世纪初以来尤其是二战后的整个思想领域，从未来的视角看，它可能会成为人类思想史上一次颠覆性的革命。到 20 世纪 60 年代以后，人们通常把这次思想革命称作"批评理论"，其根源甚至可以追溯到柏拉图。

　　然而，在这场巨大冲击到来之前，欧洲大陆思想领域虽说没有惊涛骇浪，但也并不是风平浪静；即使是在两次世界大战期间，思想上的深化和对人类自身命运的思考也没有被战火硝烟所泯灭，这主要体现在文学和文化批评领域，尤其是在英美大学里出现的新批评和现代主义思潮。这是 1966 年美国约翰－霍普金斯大学"批评语言与人文学研讨会"召开之前的基本情形。按德·曼的说法，这一时期的文学批评和理论探讨还只局限于文化和意识形态，而缺少有思想深度的哲学探究，是社会和历史自我的发现而不是个别理论家的理论建构。继这次会议之后，整个西方政治、经济、文化格局发生了巨大变化，战争硝烟散尽，冷战余音渐息，文人们似乎觉得趁着劫后余生的苦难尚存之际，该腾出时间来反思一下人类自身的处境和行为了。20 世纪后半叶至今的西方理论之所以发端于欧洲大陆，其原因不能不与该世纪上半叶欧洲人民乃至全世界人民经历的苦难相关，但这并不是本书所要探讨的内容。

　　本书旨在揭示现代批评话语即这场思想革命中的语言问题，以及思想者从不同角度对语言的探究，进而为相关研究提供些许有用的文献，而由于编著者能力和理论水平有限，所选文献与著述亦尔成体系。本书主要取自大学文论讲堂之经验，兼顾学生阅读倍感艰难之零星篇章，遂成此书之篇目。凡属文献性质者，均以著者名字标示（间或掺杂着本书编著者不成熟的理解和阐释），而出自编写之手笔者，则无此识。

　　此书只为感兴趣的读者所写。

1

德·曼：

文学理论与"对理论的抵制"[1]

　　本书标题中所谓"现代"，指的是索绪尔的现代语言学问世以来直到现在的时期，而"批评理论"则指受索绪尔现代语言学影响在整个人文学（即关于人的科学）诸领域里进行的以语言为主导的多元探索。这些探索发轫于以语言为媒介的文学领域，侧重于对文学作品内容的细读和对文学形式的规定，谓之为"阅读"与"阐释"。但这种"形式主义批评"并未像有些人所说的那样脱离了历史，或背离了历史或传记式批评的方法。在某种意义上，它提供的是文学的本体因素，或原初因素，它们不可能孤立地存在着，而必然与"阅读"和"阐释"所指向的历史、社会、心理、文化等直接或间接地关联着，从而为文学的整体理解提供了语文学事实或基本语言事实。正因如此，文学的学术研究（理论探讨）才必然会与文学教育（包括语言教育）息息相关，尤其是与文学的课堂教学密切相关。这正是德·曼所关心的问题。

---

[1]（美）德·曼：《对理论的抵制》载于《柏拉图以来的批评理论》（第三版，下册），北京大学出版社，2006年，第1317—1327页。

德·曼认为，文学的学术研究（理论）与文学教学是相长的；著名的理论家也恰好是著名的学者。文学本身允许在真理与方法之间存有缝隙，也就是说，"文学本体"的概念和历史以及阐释之间已经不再存有清晰的界限了。文学中的人物产生于历史，或本身就是历史人物（无论是大还是小），因此对文学的阐释也就是对历史的阐释。读者在巴尔扎克、托尔斯泰、福克纳等小说家的作品中看到的"人物"并不完全是虚构的，他们就是作家身处或所写时代和社会中的真实人物，其不同的地方在于经过了写作过程之后他们被神话化了或非现实化了，或可称之为一种"语言化"，进而成为真实人物的变体。由此而造成的理解困难恰恰是文学话语或语言固有的成分和研究的焦点。

那么，进行诸如此类学术研究的文学理论究竟是什么呢？德·曼指出：

1. 它应该讨论文学的定义，回答"文学是什么"这个问题。

2. 它应该讨论文学语言与非文学语言之间的区别，以及文学与非语言艺术之间的区别。

3. 它应该对文学之不同维度进行描述性分类。

4. 它应该做出源自这种分类的规范性规则。

5. 它应该说明写作与阅读是作为一种文学活动而存在的现象学研究，包括作为产品的文学作品以及与文学活动相关的一切。

6. 成功的文学研究取决于这样一个系统（哲学的、宗教的或意识形态的），它从这个系统（而非文学自身）出发先验地决定文学是什么。

7. 文学理论或研究文学的理论必须从经验出发。

然而，1966 年以前，美国的文学理论则主要是：

1. 文学诠释学和概念评价，包括对作品的格调、有机形式、影射、传统、历史环境等方面的评价。

2. 新批评方法：克利恩斯·布鲁克斯、罗伯特·潘·沃伦、鲁本·布罗尔、M. H. 阿布拉姆斯和 W. K. 韦姆塞特等人出版了新批评著作，其所用的方法很容易就进入了学术圈，而其实践者甚至无须改变其文学感性，甚至是诗人、小说家、教授等，都可以从事文学批评。

艾略特就是"新批评"的完美典范。在其《传统与个人才能》中，他提出，诗人是个人才能、传统教育、语言巧智和道德自律的结合。而诗人的才能，与其说是天才，毋宁说是历史意识的累积。这种历史意识中含有对过去的领悟和对现实性的领悟，这意味着，诗人或艺术家并不具有自己的完整的意义，而必须放在与传统的对话之中才显示其价值。这种对话实则是对传统的改写，是与前辈诗人和艺术家的对话，也是对现实的参与，而对话和参与的过程就是消灭个性的过程。"诗不是放纵感情，而是逃避感情，不是表现个性，而是逃避个性。"[1]艺术感情的生命不是个人的，而是艺术本身的，它存在于诗与艺术之中，而不在诗人和艺术家的个人历史中，因此，真正的批评针对作品自身，而非针对个体艺术家。

对英美知识分子来说，这是诗人个人高雅的情操与对黑暗心理现实与政治深度探索的结合，但同时又不打破情感矛盾的表面光环，这本身就有其自身的傲慢和诱惑力。然而，既然 20 世纪 50 年代的美国文化仍然是乡土的，而不是大都市的，那么，适于这样一种文化氛围的批评就只能坚守文化的和意识形态的原则，而不是 60 年代以后的所谓"理论"；是社会的和历史的自我，而不是理论家的个性和惯性。因此，英美知识分子此时期从欧洲贩入的批评范式既超越了古典主义美学的文体规则，又延续了现实主义传统的批评产品，

---

〔1〕艾略特：《传统与个人才能：艾略特文集·论文》，卞之琳、李赋宁等译，上海译文出版社，2012 年，第 10—11 页。

也就是韦勒克所总结的"模仿论""再现论""表现论",包括厄恩斯特·罗伯特·库提乌斯、埃里克·奥尔巴赫、本尼迪托·克罗奇、保尔·瓦莱里和让·保尔·萨特等人的富有哲理性的批评。

当德·曼的《对理论的抵制》发表时,1966 年以后的新浪潮就已经席卷美国:源于法国和斯拉夫语国家的结构主义和符号学,以德国为主导的法兰克福学派,正宗马克思主义,后胡塞尔现象学和后海德格尔的解释学等,均已成为大学文学之必修课。此外,索绪尔、雅各布森、罗兰·巴特、格雷马斯以及阿尔都塞等人的结构主义思想也随之大行其道。这意味着此时的文学研究已经不再出于对历史和审美的思考,文学文本自身已经不再具有价值和意义,而转向了文学生产的形态和文学价值的接受,按德·曼所言,恰恰就在此时,文学理论诞生了,当然,对理论的抵制总是随理论的诞生而出现。

然而,此时的文学理论非彼时的文学理论,所抵制的也当然不是此前流行的以勒内·韦勒克为代表人物的"文学理论"。韦勒克于 1949 年发表了《文学理论》一书,于中他把西方历史上的文学理论界定为对文学原理、文学范畴和判断标准的研究,这种研究"围绕着文学外部的问题转来转去,唯独不太重视文学本身"[1]。20 世纪以后,俄国形式主义、英美新批评和结构主义语言学把文学研究的重心转向文学内部,"高度重视作品的语言、形式、结构、技巧、方法等这些文学自身的因素",也就是雅各布森提出的文学的"文学性"研究。[2] 于是出现了文学的"外部研究"和"内部研究"之分。刘象愚先生认为韦勒克的"外部研究"与"内部研究"之分是对西方文学理论的一大贡献:"把作家研究、文学社会学、文学心理学以及文学与其他学科的关系之类不属于文学本身的研究统统归于'外部研究',而把对文学自身的种种因素诸如作品的存在方式,叙述性作品的性质与存在方式、类型,文体学以及韵律、节奏、意象、隐喻、象征、神话等形式因素的研究归入文

---

〔1〕〔2〕 刘象愚:《从比较文学到比较文化》,复旦大学出版社,2011 年,第 181 页。

学的'内部研究'。这一区分把产生文学作品的外在环境、条件与文学作品本身的存在鲜明地分离开，突出了文学作品之所以具有审美价值的内在因素。"[1]这是对韦勒克所代表的那一时期的文学理论的最精辟的总结。

而单就文学理论与哲学的关系而言，德·曼认为文学理论是关于意义与对意义的理解的一种现象学研究，是与美学相关的一种理解史。历史地看，美学在当时只是一般哲学系统的一个组成部分或分支，并不是一种特殊的独立的理论体系。换言之，文学理论本身很少与哲学直接相关，但却经由美学对作品的审美判断而与哲学密切关联起来。或许是因为文学理论的出现，美学才越来越偏重于文学和艺术自身的问题而逐渐从哲学中分离出来了。但是，当代文学理论的发展似乎越来越关注一些相对独立的问题，这些问题既出现在哲学之外，也常常在哲学研究中浮现，虽然语境不同，话语不同，有时甚至故意背离哲学传统，但随着时间的流逝，它们也成了合理的哲学关怀，在这个意义上，文学理论与哲学本应是密切相关的。

文学理论也区别于文学史，后者将文学看作某一历史时代的产物而对其进行历史地描述；也区别于文学批评，这种批评注重对具体文学作品作静态的研究。[2]文学理论是基于现代语言学的研究成果，首先在关于文学的元语言中引入语言学的术语，把语言的指涉功能纳入文学的思考之中，进而把指涉看作是语言的一种功能，而不是一种直觉。因此，德·曼认为当代文学理论是在把索绪尔语言学用于文学文本分析之时诞生的。

起初，结构语言学与文学文本分析之间并不像后来那样亲密。皮尔斯、索绪尔、沙丕尔和布卢菲尔德等语言学家原本并不关心文学，而只关心语言的科学构成。[3]后来，语文学界的罗兰·雅各布森和符号学界的罗兰·巴

---

[1][2] 刘象愚：《从比较文学到比较文化》，复旦大学出版社，2011年，第182页。
[3] 比如索绪尔就曾担心文学语言会影响自然语言，进而造成对语言统一性的破坏。这里所说的文学语言"不仅指文学作品的语言，而且在更一般的意义上指各种为整个共同体服务的、经过培植的正式的或非正式的语言"。索绪尔：《普通语言学教程》，高名凯译，商务印书馆，2009年，第272页。

特却表明文学对于语言符号学具有一种天然的吸引力。结果，在他们的研究中，符号学与语文学发生了碰撞，而且比与哲学、心理学和古典认识论的碰撞产生了更加深远的影响。

显然，文学的语言学研究与语言的符号学研究具有某些共性，而且是通过相同而又特殊的视角才能窥见的一些共性，这就是现已成为文学理论之研究对象的文学性。然而，如上述关于文学理论之不同界定一样，此文学性亦不同于韦勒克界定的文学内部的文学性，也就是说，文学性不是审美反应，也不是关注风格与文体学、形式与诗歌，即语言之修辞功能的审美反映。由于欧陆理论始终对词与物的关系给予了极大关注，并证明二者关系给予语言以相当大的指涉自由，使得人们对物的认识产生极大疑问，其用法也不再由真伪、善恶、美丑或工作的苦乐来决定了。当我们通过分析来挖掘语言的这种独特潜力时，我们就是在从事文学性的研究，就是把文学当作一个场域，并在这个场域中发现对语言表达之可靠性的否定认识。

在德·曼看来，文学性不是一个审美属性，也不是模仿。文学恰恰是对各个美学范畴的规避，而不是肯定。毋宁说，在其他造型艺术和音乐艺术中也必然存有一种非视觉性的语言瞬间，一种类似于文学中语言表达的瞬间，因此，要欣赏这些艺术，就必须学会阅读图画和音乐，通过"读"而不是简单的"看"或"听"来获取其意义，于是，一种非现象学的语言研究就介入了文学或艺术研究，使文学话语从虚构和现实的对立中解放了出来，而这些对立本身恰恰是一种不加批判的艺术模仿论的产物，因此，正是这种非现象学的语言研究使文学理论摆脱了传统的模仿论和再现论，使之融入了文化的批评话语或批评理论之中。

德·曼认为，文学的虚构性不是由于作家拒绝描写"现实"造成的，而是因为文学本身并非先验地确定语言的意义，确信语言一定会根据规则来发生作用，就像在现象世界里人们对原则的恪守一样，或者根本与现象世界里的语言交流没有区别。文学并不先验地肯定自身语言的可靠性，也不肯定这种语言之外的并非可靠的信息来源。过去的语言研究把能指的物质性与其所指物的物质性（如意识形态）混淆起来，这显然是不幸的，是把语言与自然现实、指涉与现象世界中的物混淆了。其结果，与包括经济学在内的其他任何探究学科相比，对文学性进行的语言研究就成了有力而不可或缺的工具，它能够揭去意识形态偏差的面具及其发生的决定性因素。换言之，对文学的理解取决于语言的内在机制，由语言的本质（如果有的话）所决定，而并非由作家或其意识形态使然。

恰恰因为这样，此文学理论才招致了强烈的甚至恐怖的抵制和攻击。一般认为，此文学理论颠覆了根深蒂固的旧老观念和包括美学在内的哲学传统，颠覆了文学经典，混淆了文学话语与非文学话语之间的界限，揭示了意识形态与哲学之间的内在联系。然而，在德·曼看来，所有这些都是错误的信息，都建立在对模仿、虚构、现实、意识形态、指涉和相关性等术语的误解之上，而所有这些则完全可以说是彻底的修辞兴趣。

实际上，对理论的抵制也许是理论话语内嵌的一个成分，即理论内部固有的错位的抵制症候，包括各种方法、前提和可能性。简言之，对理论的抵制就是抵制关于语言的语言即元语言的运用，因此是对语言本身的抵制，或不承认语言包含不能简约为直觉认知的因素或功能。

所谓文学性实际就是语言的运用，就是把修辞置于语法和逻辑功能之上，作为决定性的但却是不稳定的因素介入文学话语，以各种方式和面目颠覆文学内部的平衡，同时颠覆了向非语言世界的外部延伸。

通过厘清语法与逻辑之间的同位关系，以及语法与修辞之间潜在的矛盾关系，德·曼提出，对理论的抵制实际上是对阅读的抵制，因为这两种关系都属于阅读的问题，这在方法论上也许是一种最有效的抵制，这些方法论都自称是阅读理论，但是，德·曼认为这些理论都是在规避它们所宣布的研究对象。

所谓阅读理论，无非有两层意思：第一，文学传达的并不是透明的信息，而需要复杂的解释和解码（所谓的"解读"）；第二，对文学文本的语法解读不能穷尽文本的意义，留下了不确定的残留意思，因此可以认为在文学阅读中语法不起作用。于是就得出了这样一个结论：任何语法解释，不论多么细致，都不能接近一个文本的决定性的修辞维度。在阐释了济慈未完成的史诗《海伯利安的陨落》后，德·曼结论说，对理论的抵制就是对语言的修辞或比喻维度的抵制，这在文学批评中比在其他语言表现中更显著地居于前沿，任何一个语言事件一旦当作文本来阅读都会清楚地揭示这一点。因此，强调的是对文本的阅读或接受，而不是文本的生产，恰恰是在这个领域里，作家与各个国家的杂志之间发生了最有效的交流，在艺术、语言学、哲学和社会科学中发生了最有趣的对话。

对阅读的强调在美国并不是什么新鲜事，如 20 世纪 40 年代和 50 年代的新批评的文本细读，20 世纪 70 年代的文化诗学和接受理论，以及对格雷马斯、瑞法特尔、姚斯、伊瑟尔和斯坦利·费什所代表的接受或阅读理论的抵制。德·曼得出结论说，没有什么能够克服对理论的抵制，因为理论本身就是这种抵制。文学理论的目标越高尚，方法就越好，其他可能性就越少。然而，文学理论并没有消失的危险，它必然会兴旺，越抵制，就越兴旺，因为它所用的语言是抵制自身的语言（见后文德里达的论述）。仍然不可能确定的就是抵制自身的语言究竟是什么，这种兴旺是一次胜利还是一次失败？

2

文学批评中的语言：

英美现代主义和"新批评"

　　《剑桥文学批评史》第七卷主要论述的 20 世纪英美现代主义和"新批评"，恰好在结构主义和解构主义于 20 世纪 70 年代先后进入英美文学批评话语之前的半个多世纪里占据了英美文坛，其标志是英语教育、文本细读以及韦勒克的文学理论和批评史。[1] 依据这一时期的英美文学批评领域呈现出的形式之广泛、内容之庞杂、思想之各异的现实，首先把批评家们分成"现代派"和"新批评派"两大阵营，然后从中厘出与"文化制度"相关的批评家，如"纯"批评家、诗人 – 批评家或批评家 – 诗人、小说家 – 批评家、学院派批评家、非学院派批评家等不同类型，然后逐一加以论述，这即是该书的做法，也不失为聪明的做法。就不同类型批评家的批评实践来看，"现代派"和"新批评派"这两个久已为人熟知的标签在语义上的所指并不是严谨的，而是松散的，任何单一的称谓都不能涵盖某一个体批评家的全部批评活动；

---

〔1〕 本文是笔者为拙译《剑桥文学批评史》（卷七）中文版所写的译后记（北京大学出版社即将出版）。

而且，就这一时期的文学批评话语对现代英美文学史、思想史和文明史之发展的重要性来看，"流派"一词也只能标识出这两大阵营极其广义的时代性和极其狭义的实践性，而不能说明他们是有组织、有纲领、有统一行动的派系，更何况有些重要人物在"派系"归属上很难明确，既是现代派，又与新批评派有着千丝万缕的联系（二者间"相互同化"或亲和性或相异性）。因此，能够涵盖和描写这些"跨界"批评家及其活动的字眼就只有"文化制度"了，尽管这也是由于其不同维度的相关性，即就不同范畴的知性讨论而采取的权宜之计。

综观从 19 世纪末到 20 世纪中期的英美文学批评，现代派和新批评派的奠基性作用及其在以后各时期的持续性影响显然是不容忽视的。新批评是初始阶段，"以其对'实践'批评和教学实践的重构，新批评消除了作者意图和语境，不再将其作为讨论文学作品意义的参照点。"正是新批评对作者意图和创作语境的这一消解为 20 世纪 60 年代后期兴起的结构主义铺垫了道路，使得结构主义"对艺术文本赖以发挥作用的逻辑具有更加积极的洞见"（2 页），在为时不长的寿命中把新批评派对于文学艺术形式的关注转向了对语言内在逻辑或结构的专注，并在 70 年代初迎来了解构主义对结构主义的深层批判，"把结构主义在形式上予以承认，但实际上加以压制的语言的极端不稳定性推到前沿，将其提升为所有文本功能的范式。"最终导致了女性主义、精神分析学、马克思主义、新历史主义以及各种"后……主义"等不同批评流派的滥觞。重要的是，这一概述包含了"新批评之兴衰的综合框架"（12 页），也就是说，即使在 21 世纪初的文学批评和文学教学中，新批评及其后来对语言的各种关注都始终没有退场，只不过其在场被披上了不同的伪装，在这个意义上，"新批评"实际上从未衰亡。

显然，"新批评"的崛起是与为其奠基的现代主义批评分不开的。在从现代主义批评到新批评的发展谱系中，埃兹拉·庞德和 T.S. 艾略特可称之为先驱，他们从不同侧面规定了新批评乃至其后各种批评发展的路径。在庞德看来，批评家的任务就是"创新"。这种"创新"并非是与过去毫无关系的"无中生有"，而是基于传统的"翻新"：优秀的批评家要像自然博物馆或生物博物馆里的审查人或策展人一样，审查已有展品，铲除杂质，重新编序，开发新视野，而更重要的是通过艺术创造证实其新视野的有效性，进而从事新的创作。在这个意义上，"批评"即"创造"。文学评论的根本目的不完全在于给现存作品以公正的评价（如果有的话），更重要的是教育读者，磨练其感性，进而创造新的活的文学，也就是在改造传统的过程中创造新的传统。对艾略特来说，这个传统就是诗歌发展的进程和现存秩序，诗人或作家必须对其有敏锐的意识，培养传统作家所具有的那种历史感，摆正自己在自己时代中的位置，即他所说的诗人自己的当代性，才能进而改造他所面对的诗歌。

在《批评的前沿》（1956 年）一文中，他说，只有"在论述影响了我作品的诗人的作品时，我的批评才是最好的。……在这方面，我的批评与埃兹拉·庞德的批评是相同的，只有在考虑到与我自己写的诗歌的关系时，才能充分理解这种批评的优点和局限性。"（55 页）正是在庞德的影响下，艾略特才相信诗人－批评家对于诗歌乃至整个文学传统的健康发展来说是不可或缺的，而诗人－批评家也是艾略特在英美现代批评阵营中所担任的众多角色中最重要的一个。然而，尽管我们可以在艾略特的一些重要术语中看到其他人的影子（如"客观对应物"与庞德，"感性的涣散"与德·古尔蒙），并在庞德所例示的"煽动家－批评家"的角色与艾略特所扮演的文学理论家的角色之间看到二人相同的文学关怀，即在文学理论和创作实践上对 1900 年以后的现代文学实验予以逻辑证明，就其对"文学批评"这个术语中"文学"的强调（原文为斜体）来看，艾略特似乎比庞德关注更大的文学场域，把社会、宗教和文化的问题也包括了进来。当 1928 年他宣布自己在文学上是古典主义者、在宗教上是英国天主教教徒、在政治上是保皇党之后，他作为文学批评家的政治身份更加明确，并在"传统"与"个人才能"之间选择了传统：一首诗是对诗人自己个性的逃离，而非对个性的张扬。在其浪漫主义－象征

11

主义的创作观的背后，是他对传统和习俗所持的古典主义态度，而在艺术品之源和作者意图等问题上他则持后浪漫主义的观点：艺术品是自治的和独立的有机体，有其自己的生命和生存法则，其唤起的感觉、情感和幻觉也不同于诗人创作时所具有的感觉、情感和幻觉。这意味着一首诗的意义将随着读者的不同而变化，其全部意义都不同于诗人创作时以为他所表达的意义，显然，这已经预示了 20 世纪 70 年代读者反映理论的出现。然而，在提出这种艺术自治论的同时，艾略特仍然坚持认为作品在本质上是传统与个人才能相互对话的结果。

我们的确不能把艾略特的文学批评简单地归结为几个术语："非个人化""客观对应物""感性的涣散"。这后一个术语的提出不是针对某些人的（弥尔顿和雪莱），也不是针对哪一个时代的（17 世纪初玄学派诗人之后包括浪漫派在内的英国诗歌），而是针对一个民族的——"属于对英国政治和宗教史的更大规模的批评，涉及英国内战的后果"（47 页）。这种"涣散"不仅是历史上的，而且仍然影响着当代文化。也许恰恰是出于这个理由，而非仅仅是自己诗歌创作的需要，艾略特和庞德才提出创新的口号。然而，庞德的创新是革命性的，是要重铸传统；而艾略特的创新则是保守的，出于一股古典主义的冲动，既要出新，又要最大可能地保留现存价值，而最令他心动的就是玄学派诗人所拥有的"感性的机制"：在单一的思想中容纳复杂的感觉和情感，用一种统合的经验把这种复杂性表达出来的能力。在艾略特的批评中，这具体体现为玄学派诗人的"机智"和拉福格的"反讽"，而这两种集情感与思想于一体的技巧，恰恰在被新批评奉为圭臬的几种技巧中占主导地位。此外，在艾略特为文学传统树立的界碑石中，还有但丁、伊丽莎白时代的剧作家、19 世纪的法国诗人，而在同时代的文学作品中，乔伊斯的《尤利西斯》则成了艾略特所赞扬的那种创新精神，是"新的（真正新的）艺术作品"的典范，体现了他在《传统与个人才能》中所指出的"过去应该被现在所改变、现在应该被过去所指引"的核心思想。而弥尔顿、雪莱以及（某些方面的）

德莱顿虽说是伟大的诗人，却由于缺乏这种能表达复杂情感和思想的统一感性，而未能入选艾略特的"伟大的传统"。

与庞德和艾略特一样，其他现代派批评家——葛特露德·斯坦因、弗吉尼亚·伍尔夫、温德海姆·刘易士、威廉·巴特勒·叶芝和哈勒姆，以及文艺复兴的几位黑人批评家——也同样涉及"兼职"的身份问题：作为作家－批评家和现代派－先锋派。作为作家－批评家，他们与庞德和艾略特一样，也部分出于作家自身创作的需要而从事文学批评，对传统艺术形式进行激进改造；作为现代派－先锋派作家，他们"聚焦于共同的主题——'艺术'与'生活'的相互作用，大众文化的传播，以及性别、国籍、原始主义、技术等问题，主体性的界限等概念"（8页）。

斯坦因在 20 世纪 20 年代出版了《作为解释的创作》，不但使她成为新批评派的同盟（"反对当时主导学术研究的历史主义，而这始终是艾略特与伍尔夫文字批评的核心"），而且"启发了当时两部最重要的新批评著作：莱丁和格雷夫斯的《现代派诗歌纵览》和燕卜逊的《含混的七种类型》"（127页）。伍尔夫虽然喜欢在"自己的房间"里悄然独处，但她睿智地指出："杰作并不是单独孤立地产生的；它们是多年共同思考的产物，所有人的思考的产物。所以在单一声音的背后是人民大众的经验。"（131页）这意味着，真正的杰作并不完全是个人的，而是集体的，其背后是一个民族的集体经验，而真正的批评家必须具备对这些现存的集体经验进行阐释的能力。对斯坦因和伍尔夫来说，这种阐释的能力来自阅读。批评家所要阐释的实际上是阅读的历史，是始终具有阅读习惯的人撰写的文学史。杰作之所以能够世代流传，是因为它们把情感与形式、把生活与其对立的文学表达统一起来，达到了一种"完整的终极性"（130页），以至于在阅读中唤起读者的全部能力，使他们感到某种神性从作品中涌现出来，并将其归还给生活，以便读者更敏锐更深刻地理解生活。虽然身体写作对于这两位女性现代主义作家－批评家至关重要，是女性献身于写作的第一个训令，但阅读仍然是现代批评家（和作家）

所要接受的最严格的训练：在"自己的房间"里面对着敞开的窗口，瞥一眼纷杂多彩的外部世界，然后回过头来对随日常生活关闭的事物进行一种生命的阅读。这显然是一种非常个性化的阅读。

但对威廉·巴特勒·叶芝来说，读书却是一个社会问题或关系到种族命运的问题。"爱尔兰人崇尚文人但不读书。他们把'诗人'和'思想家'奉为高尚的字眼儿，却不买一本书"（156 页）。这是叶芝在 1892 年发出的感慨，并因此而投入使爱尔兰文化流通、让爱尔兰精神发扬光大的战斗之中。这是多少世纪以来学校、教会、报纸、作家和政治家都为之奋斗的一项事业。叶芝以战斗的姿态写出了典型的爱尔兰文化争论的文章，一种竞争的而非好战的批评。这种批评必定涉及民族身份的重大问题，本身就等同于政治行动。这是为提高民族的精神素质、为爱尔兰民族文化的发展而进行的一场斗争。学校和文学教育在这场斗争中起到不可估量的作用，因此教育的隐喻贯穿叶芝文学批评的始终：戏剧必须以文学精神写成；艺术必须以特殊方式给人以愉悦，即在以自身结构安排世界灵魂的同时给人带来愉悦；优秀的文学必须是对生活的无利害关系的表达。如果家庭是文明的源泉，而且是为了保存文明而存在着，那么，就应该把最容易生产、最便于携带、最可流通的文化形式——书带给每一个家庭。"上到通透的山顶"，"下至青葱的峡谷"，"把受教育生活的运动和'燃烧的问题'带给分散在村镇里的家家户户"，因为"人民从来没想过逛书店"（156 页）。

如果说叶芝仅仅对爱尔兰民族的文化素质表示深切的关怀，并为之付出了毕生努力，那么，把注意中心从文学文本的阅读和研究转移到更广阔的文化语境、到 20 世纪 80 年代以后发展为几乎淹没了文学话语的"文化研究"产业的，则是至今仍被中国读者和批评界忽视的温德海姆·刘易士。与伍尔夫和叶芝一样，他也敏锐地意识到自己所处时代的"世风日下，'文'心不古"，而促成这种状况的原因则不完全在文学教育，而在社会文化语境，对青年人来说那是一个"噩运"的语境："我们的个人生活完全被机器所遮盖，机器把我们与以前的全部人类生活隔绝开来。这不仅仅是机器的时代，这还是机关枪的时代。"（160页）这显然已经不是马修·阿诺德所针对的高度发展的资本主义工业化，也不是奥斯卡·王尔德所批判的堕落的消费文化，而是第一次世界大战之中及之后迅猛发展的现代技术。如果伍尔夫以卓见认识到1910年12月以后人性发生了巨大的变化，前所未有的、突发的现代性的变化，并要求自己像小说家那样去对待这种变化。斯坦因睿智地看到了此时期的艺术创作是"战争创作"，是既没有开头也没有结尾又没有中心的立体主义创作；那么，对刘易士来说，这种创作就是由战争塑造的，是战争塑造的时间观的具体体现，是一种"最纯粹的程序化的时间化活动"（161页）。如果我们把刘易士早在20世纪初就提出的这种以技术为靶子的新文化修辞和语境化的文学批评与21世纪初的"拇指时代"（米歇尔·塞尔语）联系起来，我们就不得不赞叹刘易士高明的先见。难怪编写者将其誉为"始终作为现代思想史之重要组成部分的文化批评的巅峰人物"，承传了"从马修·阿诺德到苏珊·桑塔格"的一个传统的人物。

从中国20世纪80年代至今的西方文学批评史罕有把哈勒姆文艺复兴纳入其内的，这是因为研究者们偏重朗格斯顿·休斯、让·图默和左拉·尼尔·赫斯顿等作家，而忽视了布克·T·华盛顿、W. E. B. 杜波依斯和阿兰·洛克等批评家。"哈勒姆文艺复兴产生于文学批评，更依赖于文学批评"（167页）。作为一场运动，它不关注个别作家的个别作品，不关心文学的形式和实践，而要以政治为手段向美国人阐释和呈现非裔美国人对美国文化的贡献，说明美国非裔文学在更大的政治和社会环境中发挥的作用，而更重要的是要破除白人种族主义者散布的一个谣言，即非洲是一片荒漠，缺乏艺术、文化和历史，散居在北美和世界各地的非裔人不可能靠对欧洲的二手模仿就能创造一种非洲文化来。这就是詹姆斯、威尔顿、约翰逊文学文化批评的起点。他呼吁"只有通过艺术，通过文化生产和占有，非裔美国人才能进入彻底的自我占有状态，从而最终从被奴役的境遇中解放出来"（168页）。杜波依斯也持相同观点，认为只有通过艺术，黑人种族地位的提高和非洲文化的复兴才是可能的。重要的不是把非裔美国人这个种族看作"一个被动的受害者或残酷的事实"，而是美国文化的主要贡献者，尤其是在文化艺术方面，这是衡量一个民族的最重要的标准。洛克则更为激进，认为要想成为真正的美国人，唯一的办法就是首先成为非裔美国人。"而美国实现自身理想的唯一方法就是允许它的各个部分充分地实现自我，而实现自我的最重要途径就是艺术。"（174页）这里所说的"各个部分"当然包括非裔美国人。步约翰逊、杜波依斯和洛克后尘的批评家不乏其人，其中包括孔蒂·库伦、格温德伦·贝内特、乔治·苏勒、克劳德·麦凯伊和左拉·尼尔·赫斯顿。值得一提的是，正是赫斯顿的人类学研究《黑人表达的特性》一文引领哈勒姆文艺复兴走出了自己设立的死胡同，而走上了当代非裔美国文学批评的道路。她指出，非裔美国人要想具有原创力，提高种族地位，必须面对当下，采纳并改造周围的文化素材，通过模仿、润色、修饰而改造他们身处其中的文化，即所谓的美国文化。"我们所说的原创性的真正意味就是思想的改造"（177页），这已经成为当代非裔美国文学批评的核心原则，仍为当下的少数族裔文化批评奉为首要原则。

以上简要论述的这些批评家基本上都是诗人、小说家和政论家。他们的文学批评，往小里说是出于自身文学创作的需要，往大里说是出于拯救民族文化或种族精神的需要。除了间或在大学等文化体制内做讲座宣传外，他们都不是在体制内从事文学教学的教师，用王尔德的话说是"在报纸上把这事儿干得非常漂亮"的人。虽然我们已经看到这些批评家对阅读和文学艺术教育（美的教育）予以相当的重视，但真正把文学与课堂教学联系起来、至今始终影响着文学教学实践的，当是新批评派，而这在很大程度上应归功于新批评派的创始人 I. A. 瑞恰慈。

瑞恰慈最重要的著作《文学批评原理》开篇就提出以前的文学批评基本上是无用的：推测、劝告、观察、猜想等，而更多的是无休止地混淆、教条、偏见、空想、神秘主义、推断、误入歧途的灵感、太多的暗示和随意的概括，鉴于此，文学批评必须改革。而首先要提出并回答的问题是："是什么给阅读一首诗的经验以价值？"于是，"经验"和"价值"就成了瑞恰慈文学批评的关键词，并开启了一种艺术对于精神之影响的研究（184页）。在《意义的意义》中，瑞恰慈及合作者 C. K. 奥格登研究了词语在艺术品中产生的象征或情感效果：艺术品的意义是由观者/读者的反应决定的；观者/读者首先接受文本发出的各种符号，并努力使之适应自己的理解和感觉，最终做出与自己的"统觉"相一致的判断。即读者总是依据自己的先入之见和期待去理解一首诗，把这些先见和期待注入诗的词语之中，构成了诗歌的意义。这简直就是读者反映论的核心主张。然而，不管瑞恰慈对读者反映论有什么影响，他的终极目的绝不止于此。他认识到阅读行为不是在诗中，而是在读者自身之内发生的；读者往往固守自己的偏见并以此理解离此偏见甚远的诗歌，因此偏离了阅读的正轨。他进而发现，读诗是一个异常艰难的过程。理想的读者必须忘却自我，放松意志，并有广博的经验和信息储存。他也必须是一个真诚的人，内在与外在达到自然和谐的人。因此，教会人们读诗，就等于教人们学会诚实。由于诗歌具有无利害关系性和思想深度，所以，教人们读诗又等于教人们如何专注，如何协调精神和身体，发现和发掘自己最大的潜力，一句话，教人们如何使用他们的心智。诗歌本身固然重要，但更重要的则是发掘人的潜力，并通过读诗诱导人们实现其潜力，抑或说，教会人们如何教导自身，这实际上就是现代大学的神圣使命。

为了更好地完成这一神圣使命，瑞恰慈与其合作者奥格登开展了"基础英语"的学习运动，简化语言难度，改进阐释方法，进而促进阅读技巧的完善。在学生的实验性阅读中，瑞恰慈发现其阐释上的误读其实是民族文化之间的误读，涉及民族的心智和生存的性质，包括感觉、欲望、意志等，所有这些都融入了语言的词语结构之中，并在诗歌中最明显地表现出来。因此，对诗歌的语言结构进行详细分析便成了重中之重。而且，除了上述读者自身的阅读期待之外，瑞恰慈还指出，不同读者的不同阐释（误读）其实就蕴含在一首诗或一个词的内部，反过来说，一个文本本身就可以有多种逻辑的反应和多种矛盾的阐释。因此，就诗歌的外部阐释而言，除了反应或阐释的真诚和深度之外，别无任何其他权威可言。但从另一角度来看，瑞恰慈发现，诗歌的迷人之处恰恰在于其掌控和组织众多含义的能力，一首诗或一个词之所以会引发众多的阐释或误读，是因为它具有一种综合性的诗歌结构，即柯勒律治所理想的诗歌的"有机统一"。瑞恰慈将这种有机统一归结为诗歌中的张力和平衡：一首好诗能够容纳产生于各种冲动的复杂张力，并能在同一个结构中将其平衡。不同张力的这种平衡能产生丰富的反讽，而一旦丰富的反讽与高度有机统一的组织形式协调起来，诗歌的价值便会通过一遍又一遍的阅读而积累起来或被挖掘出来。

至此，我们已经看到瑞恰慈的批评主张已经形成了一种初具规模的张力 – 平衡 – 反讽诗学，也就是在美国兴起的新批评运动所奉行的主要批评原则。1930 年，瑞恰慈的学生、年仅 21 岁的威廉·燕卜荪只用了两个星期就写出了一份 3 万字的手稿，即著名的《含混的七种类型》，以大量详尽的文本分析证明老师的主张，即即使是一首最简单的诗也不会只有一种简单的阐释：意义的多元性乃是诗歌之本。1938 年，克里恩思·布鲁克斯和罗伯特·潘恩·沃伦发表《理解诗歌》，这是新批评鼎盛时期出版的一系列教材的第一部，具体详尽地提出了诗歌分析的方法论，为此后历代学文学的学生提供了阅读诗歌的技巧。1941 年，克洛维·兰瑟姆出版《新批评》一书，对这场文学批评运动进行了阶段性总结，除了对瑞恰慈的一些心理学偏见提出异议外，他充分肯定了瑞恰慈的批评思想，并断言文学批评已经进入了一个新的更好的时代。

就新批评运动本身而言，布莱克穆尔可以说是这场运动的一个重要发起人，同时也是他所处时代的最令人满意的批评家。除了常常被引为范例的"细读"方法外，他的文学批评也是三个重要影响源的综合：艾略特的基于具体文本的综合评论；亨利·詹姆斯精细的道德和审美批评；以及威廉·燕卜荪所演绎的瑞恰慈的批评理论。布莱克穆尔以其对那个时代的诗歌的感性，以及对不同批评技巧的吸纳和综合，使得他对同时代的重要诗人的批评无懈可击，难以复制，如史蒂文斯和卡明思的语言效果，叶芝的神话和神秘主义，以及艾略特的信仰和诗歌问题等。对布莱克穆尔来说，一首诗就是一种新的说话方式，是一种习语的表达，是词和词的运动，具有自身丰富的无以复制的生命。读者所要做的就是把注意力集中在词的意思的解释上（238页），那些像习语一样栩栩如生的词语正是知识和无知相遇的地方。在知识破碎、智力工业化的时代，精神分析学、人类学、社会学、生物学、大多数现代哲学都是"有害的技术""信仰的大破坏者，经验的大分析家"；"我们发明了那么多方法来自觉地把我们的知识公式化，以至于我们有时似乎一无所知"（245页）。所有这些学科，无论是新兴的还是旧有的，都不能洗练人的心灵。然而，时代迫切需要洗练人的心灵，但并不是每一个人都需要洗练心灵，只有有心灵的人才需要洗练，况且，只有诗歌（尤其是克兰、史蒂文斯、卡明思、艾略特、庞德、玛丽安娜·摩尔等同代人的诗）才能洗练心灵。

正是布莱克穆尔对词的运动的这种挥之不去的热忱掀起了美国新批评的热潮，而把19世纪末20世纪初历史主义的文学批评，即语文学、文献检索和人物传记的研究，转向学院派批评，即文本分析、文学理论和"文学分析"，时人称之为"重农派"的"南方新批评派"，其核心人物是约翰·克洛·兰瑟姆、艾伦·泰特和罗伯特·潘恩·沃伦。他们都是诗人，也是南方人。虽然在现代主义诗歌评论方面意见不一，但在维护南方的文化传统和对资本主义现代性的批判方面，却达到了深刻的共识，其意见都发表在《我要采取立场：南方与农业传统》上。他们的文学批评是在对美国资本主义发展的批判中发展起来的，认为"文学的价值重点在于它与科学和理性主义话语的差异，甚至在于它向科学和理性主义话语提出的挑战"（234页）。他们提倡文学的"肌理"，以区别于"结构"；重视"反讽"，以抵制对"观点"的忽视；主张文学文本是"有机体"，以避免对"语像"的片面强调。更重要的是，他们不但注重文学批评与社会关怀的关系，而且将其与大众教育联系起来，而随着大学教育的迅猛发展，文学批评作为一门学科的价值逐渐凸显出来，这就教会大众和学生如何阅读文学。他们认为，文学生产的过程实际上是语言发生作用的过程：文本的语言形式并不仅仅是意义的载体，而是意义生产的过程；文本的语言形式不是用来表达作者意图的，而是在意义生产的过程中摆脱了作者的意图，往往甚至与作者意图相矛盾，甚至超越了读者的反应。需要说清楚的是，关于文学语言形式的这种探讨并不是像许多人认为的那样要使批评成为一种形式主义，这恰恰是他们所反对的；他们的主要目的仍然是要通过这种新的（有别于历史主义文献学的）批评来传播他们对现代美国社会的批判，并将其深深嵌入文学批评这门学科的内部。

由此看来，新批评不是西方和国内有些学者所认为的那样它是只专注文本的形式主义，也不应该在涉及新批评派的时候将其与俄国形式主义混为一谈。在英美新批评阵营内部，把大学的文学教育（区别于人文教育）与社会批判结合在一起的批评家（准确说应该是知识分子－批评家）并不鲜见，如埃德蒙·威尔逊、利奥奈尔·特里林、F. R. 利维斯和伊夫尔·温特斯。

威尔逊和特里林的根深蒂固的历史主义和他们对精神分析学的不衰兴趣使他们走上了大致相同的道路，基本上是圣伯夫和泰恩所坚持的观点，即认为艺术杰作产生于文化与艺术家个性之间的冲突或交流，艺术作品是二者间相互影响的产物。威尔逊熟悉 19 世纪的历史主义方法，并借此把文学批评看作是观念和想象在其形成的文学语境中的历史；特里林则继承马修·阿诺德的衣钵，关注艺术与社会的相互作用，文学就是这种相互作用的结果。作为社会活动家，他们不仅关注决定艺术形式和意义的社会力量，而且关注艺术浸入社会的构成性能量。虽然都是历史主义者，他们却反对过时的历史事实决定论，而与艾略特一样，只希望保留历史的精华，一种不仅能体现过去之过去性，而且能体现现在之过去性的历史感，按此理解，艺术或许就是蕴含于过去与现在之间的一种可服务于现在的历史想象。因此，他们不像有些新批评家那样关注文本的形式分析，强调文本的自治性，而是始终不忘文本的道德、社会和历史含义。

伊夫尔·温特斯是 F. R. 利维斯在美国的"对手"，与当时发展中的"新批评派"并非同道。他认为诗歌是对经验的道德评价，只有初学写诗的诗人才是懂诗的读者。他的批评视野中只有被遗忘的诗人，而没有"伟大的传统"。他还认为不能仅仅通过英语诗歌来理解诗歌，诗歌并非是单一语言的诗歌。与白璧德一样，温特斯把浪漫主义视为现代文学中一股扭曲的力量，不相信"自发情感"的原始价值，更不相信艺术自治的主张。他认为有两种"反讽"：传统的反讽是用来定义情感的工具，而"浪漫的反讽"则是用来掩盖不确定性或伤感的面具。诗人写诗的时候是用一种比任何其他工具都准确的技巧对人类经验进行理性的评价，并以他对人类经验的理解借助词语陈述（表达）不同种类的和不同程度的情感。艺术品的"强度"实乃原始主体与准确判断的结合，它严格地区别于生活中的情感"强度"。他因此质疑艾略特提出的"客观对应物"和"感性的涣散"说，因为它们排除了对情感的准确判断，《荒原》就是这两种错误理论的直接后果：未经任何理性加工就把形式套用在原材料之上而导致的表现或模仿谬误。温特斯对艾略特的抨击是建设性的，但毕竟是一种狭隘的阐释，如同利维斯对乔伊斯的抨击一样。

利维斯承继阿诺德的传统，把文化从属于高度严肃的文学，借用艾略特的定义把批评视为"对真正判断的共同追求"。同样，他奉二人为宗师（尽管与艾略特有过思想交锋），视批评家为传统的卫道士，判断当下的作品，重新审视过去的作品。但这种判断必须把文学批评与文学外的价值批评结合起来，因为对生存标准的关怀意味着对艺术标准的关怀。基于这一理念，他把文学研究看作是大学教育的根本，并与后来的伊格尔顿和德勒兹一样，视文学为医治社会疾病的世俗宗教。

利维斯的文学判断和批评都基于一种综合的文学和语言观，即把英语研究当作一门独特地承载着文化核心的学科。这意味着在文学中，语言的叙述结构与道德视角是密不可分的；"道德"和"艺术"是两个相互依赖、缺一不可的范畴，而所有想象性的文学都必须用语言来表现某种新的价值。但是语言并不是一成不变的，而是灵活的、不确定的、取决于个体创造的特定时刻。语言不是工具，而是个体生存于其中的场所。语言不是存在于外部世界与个体间进行调停的指涉系统，而是个体自我与世界进行交际的媒介，个体存在于语言之中，依赖语言的提示或暗示，聆听语言的声音和节奏，任凭语言的意指和调停，于是，语言本身就成了个体对世界的内在回应，是把存在和生命作为价值来体验的活的媒介或存在者。

在某种程度上，可以说对语言的关注是 20 世纪英美批评家的共性。词既是文学的表面，又是文学的现实。布鲁克斯、兰瑟姆、燕卜荪、泰特和伯克等同代人都集中对个别作品尤其是抒情诗展开批评，目的是为了发现语言中的含混和悖论，实际上是要深入了解语言的内在机制。颇为有趣的是，他们不但为二十世纪六七十年代的结构主义和符号学研究奠定了基础，而且还预示了 70 年代末解构主义的兴起。虽然他们在后结构主义喧嚣的狂欢声中几乎被淹没，但就对语言逻各斯中心主义的关注方面，他们与后结构主义者相去不远，甚至志同道合。利维斯及其追随者把文学的内部与外部相结合、视语言为媒介的语言观，实际上超越了索绪尔的语言符号学而趋近于鲍德里亚的语言与权力的象征理论，只不过利维斯先于鲍德里亚已有半个世纪之久，加之他当时参与批评活动的目的并不是要建立他痛恨的某一哲学体系或存在主义的语言论，而是与许多现代主义批评家和新批评派一样，关注文学与文化的关系，文学的内部与外部价值，以及如何通过文学教育实现人的最大的善。这实际上与英国自维多利亚中期以来视文学为普遍的道德真理判断的传统毫无二致：从穆勒到阿诺德到艾略特，都认为诗歌本能地并象征地表达一种特殊的真理；诗人具备表达这种真理的能力；而批评家的任务则是要根据其哲学的天赋和"精华"阐释"更高的"真理。这是那个时代对专业批评家提出的要求。然而，对于穆勒和阿诺德等维多利亚时代的智者来说，他们面对的仍然是颇有些"大众"的"家居读者"，尽管他们宣传的是"精英"文化；而对艾略特和利维斯而言，他们从"业余"批评家（王尔德推崇的那种批评家）变身为"职业"批评家（王尔德所嘲讽的那种大学体制内的批评家），使文学研究走下了大众论坛，离开了普通读者，成为专门为学术群体而做的专业学术研究。利维斯之后，"业余"批评再也不是"闲云野鹤"们"在报刊上干得非常漂亮"的经常闪耀着智慧光芒的那种"高雅"勾当，而文学批评则越来越脱离普通大众，走上了越来越狭窄的专业化道路，成为大学教授们获取文化权威的资本。

3

批评理论中的语言：

从索绪尔到列维 – 斯特劳斯

　　从英美现代主义和新批评半个多世纪的文学批评活动和理论建构中，我们看到，无论哪种观点，无论何种方法，无论如何翻新，语言都是各种批评话语的关键。而当代人文社会科学中与语言相关的任何探讨都不能不从费尔迪南·索绪尔开始。

　　索绪尔从 1906 年到 1911 年的普通语言学（《普通语言学教程》[1]）讲稿于 1916 年由他的学生们整理出版，此后连续再版，影响波及全球。但对于从事非语言学研究的其他人文社会科学学者而言，尤其是对 20 世纪从结构主义和后结构主义视角研究人文社会科学的学者来说，所批判和发展的主要是索绪尔提出的语言符号理论（93—109 页），即关于语言符号、能指和所指等概念的符号理论，影响了哲学、人类学、心理学（精神分析学）、社会学等学科的相关研究，当然也包括文学理论。基于索绪尔符号语言学之上的后续研究在范畴和理念方面已经远远超出

---

〔1〕 索绪尔：《普通语言学教程》，高明凯译，商务印书馆，2014 年。以下援引皆出自该书，文中只标注页码。

了语言学（linguistics）的层面，而转为对语言自身（language perse）的研究，进而影响了 20 世纪后半叶乃至 21 世纪的人义社会科学研究的进程。换言之，我们现在所说的语言研究，并不是索绪尔之前和之后的语言学研究，即不是把语言作为交际工具之原理和方法，而是作为存在之本质的研究。这尤其表现在列维－斯特劳斯、罗兰·巴特、阿尔都塞、拉康、德里达、鲍德里亚、克里斯蒂娃、德勒兹和保罗·德·曼等人的研究中，而研究之差异性已在这些思想家各自从事的研究领域中见诸明晰。

索绪尔的符号语言学的重大发现在于打破了把语言看作是词与物相对应的"分类命名集"，一种名称与事物直接对应的简单"作业"，如"树"一词与作为植物的树、"马"一词与作为动物的马之间的简单对应（93 页）。虽然这种简单作业更接近于真实，但却不是语言运作的实际方式。在索绪尔看来，语言包含着两个心理因素，即作为概念的意识事实和表达这些意识事实的符号。语言作为符号连接的不是词与物，而是"概念和音响形象"（94页）。所谓"音响形象"，指的不是物质发出的纯粹物理的声音，而是"这声音的心理印记，我们的感觉给我们证明的声音表象"（94页）。当我们说到一个词的声音的时候，指的就是这种"音响形象"。而当物的"概念"和物的"音响形象"结合在一起时，符号就产生了。为了消除把"词"当作"符号"时引起的混乱，索绪尔建议用"符号"表示整体，用"所指"表示"概念"，用"能指"表示"音响形象"。而"整体"则产生于"能指"与"所指"的联结，这种联结是任意的，因此"语言符号是任意的"（95页）。

语言符号的第一原则就是能指与所指之间的任意性，或者说是"约定俗成性""不可论证性"；它"不应该使人想起'能指'完全取决于说话者的自由选择"（97页）。语言符号的第二条原则是"能指"的线性展开，即声音或听觉的"能指"在时间中的展开，它们只能按照一个向度在一个时间长度中"相继出现，构成一个链条"，而一旦用文字表示出来，这个时间链条就变成了用书写符号表示的空间链条（99页）。我们从第一原则（语言符号的任意性）中看到的是语言符号的不变性。也就是说，能指对于它所表示的概念来说是任意的、自由选择的，但对于"使用它的语言社会来说，却不是自由的，而是强制的"（101页）。语言社会已经选定的"能指"是不能改变的。符号的任意性决定了语言的变化只在理论上是可能的，而一旦深入探究，就会看到"符号的任意性本身实际上使语言避开一切旨在使它发生变化的尝试"。使用语言符号的大众不能改变语言，甚至有专家、语法学家、逻辑学家参与的某种人为的变化也不是成功的。其原因可能在于：（1）语言中有大量的符号；（2）符号系统极其复杂；（3）"集体惰性是对一切语言创新的抗拒"（103页）。这是因为语言作为社会力量的产物具有根深蒂固的传统，正是这种传统决定了语言符号既是任意的，又是约定俗成的；既是自由选择的，又是不变的。

但是，由于语言符号是在时间中形成的链条，即具有时间的连续性，所以它又"总是处在变化的状态中"，而不管变化的因素是孤立的还是结合的，"结果都会导致'能指'和'所指'关系的转移"（105页）。这是一种非常复杂的情况，但又恰恰是语言发展的实际情况：

> 一方面，语言处在大众中，同时又处在时间之中，谁也不能对它有任何的改变；另一方面，语言符号的任意性在理论上又使人们在声音材料和观念之间有建立任何关系的自由。结果是，结合在符号中的这两个要素以绝无仅有的程度各自保持着自己的生命，而语言也就在一切可能达到它的声音或意义的动因的影响下变化着，或者毋宁说是发展着。这种发展是逃避不了的；我们找不到任何语言抗拒发展的例子。过了一定时间，我们常可以看到它已有了明显的转移。（107页）

符号在时间中具有连续性，同时也在时间中发生变化，而时间中语言的发展是不可抗拒的，这就是符号的原则，因为"时间可以改变一切，我们没有理由认为语言会逃脱这一普遍的规律"（108页）。语言作为一种说话的媒介，就必然不能脱离社会事实或社会力量而存在，这就是说话的大众。语言作为一种符号，社会性是它的内在特性之一。虽然在人与人之间的交往中存在一些非理性的或者是使理性屈服的因素，但语言中约定俗成的东西（规约）却是不能改变的，所以单单社会力量本身也不能改变语言。因此，使语言发展即产生明显转移的必须是三个要素的结合：说话的大众和他们于发挥作用的社会，以及前两个因素都无法脱离的时间。这意味着语言必然变化，而这变化取决于语言的总体结构，而非取决于个别说话者的意图性介入。[1]

　　这里对于后续发展极为重要的一点是"结构"概念的提出。索绪尔之前的语言学主要以语文学即词汇的历史研究为主导。索绪尔提出的语言符号的确是作为一种结构出现的，即"能指"与"所指"的结合构成的一个单位结构，它是言语表述中的一个因素，即声音链条中的一个"关节"（articulus）。这种表述是语言所唯一具有的语言事实，在这个意义上，"语言是形式而不是实质"（164页）。一旦语言的差异性结构切断了词与物之间的自然关联，符号就变成了对立系统的建构元素，所建构的是一种棋子式的组合，"一种完全以具体单位的对立为基础的系统"：单数和复数、过去、现在和将来、发声和不发声、阳性和阴性，等等。[2]本质而言，这种对立或区分并不是由语言自身来决定的；而是由语言作为媒介（形式）所传达的思想和声音决定的。思想和声音本身就"隐含着区分"："一个观念固定在一个声音里，一个声音就变成了一个观念的符号"，它们就像一张纸的两面，一旦我们把声音切分开来，思想或观念也同时被切分开来（153页）。实际上，对语言

---

[1]　语言社会性的决定性作用和时间中的变化可以在汉语词发音的变化上窥见一斑：如"说客"中"说"（shuì）变成了shuō，"确凿"中的"凿"（zuò）变成了záo；"呆板"中的"呆"（ái）变成了dāi，此类例子不胜枚举。其变化只是因为大众都是这样读的，也就是说大众的现代读音改变了词的约定俗成的读音。

[2]　这些对立在后来的结构主义者和解构主义者手里变成了既被建构又被破解的二元对立：声音与文字、男人与女人、人与动物、善与恶、好与坏等。

中声音的这种切分恰恰是语言的本质，因为所切分的不是作为物质形式的声音本身，而是带有意义的词之间的区分或对立，正是这种区分或对立构成了语言的意义。

语言作为一个结构或符号系统并不是由"音位"来决定的，索绪尔也不是音位学家。把语言符号看作声音的"能指"与概念的"所指"之间的关联，而语言的意义产生于词的声音与声音之间的差异以及声音与观念之间的差异，"在语言里，一切归属于差别"（173页），这意味着语言是一个意指系统。对于索绪尔而言，"构成一门语言科学对象的就是能指的声音链与所指的声音链之间的相互规定所产生的符号系统。……构成语言之符号系统的，就是声音与意义之间的差异以及相互之间的关系。"[1]这个符号系统显然是个差异系统；它取决于系统内处于状态之中诸因素的关系及其这种关系的共时性改变，而非历时性改变，于是，历史被部分地排除了，所谓"部分地"，是因为即使是非历时性改变，也不能排除历时的侧面。语言的历时性也只"作为对先行系统状态与后继系统状态所做的比较"而存在。[2]于是，差异就构成了意指的必要条件，也是语言系统得以形成的必要条件（"语言不可能有先于语言系统而存在的观念或声音，而只有由这系统发出的概念差别和声音差别"162页）。于是，差异性就成了已经构成语言事实的和尚未构成语言事实的潜在的语言和语言行为之间的千差万别，整个言语活动就分成了作为整体的语言（langue）和作为个别语言行为的言语（parole），这一区别实际上设立了二者之间的对立，而缘由这一对立而来的便是语言的共时态和历时态，进而产生出共时语言学和历时语言学这两种研究语言的方法。[3]

---

〔1〕 保罗·利科：《解释的冲突：解释学文集》，莫伟民译，商务印书馆，2008年，第37页。
〔2〕 保罗·利科：《解释的冲突：解释学文集》，莫伟民译，商务印书馆，2008年，第38页。
〔3〕 "共时语言学研究同一个集体意识感觉到的各项同时存在并构成系统的要素间的逻辑关系和心理关系。历史语言学，相反地，研究各项不是同一个集体意识所感觉到相连续要素间的关系，这些要素一个代替一个，彼此间不构成系统。"索绪尔：《普通语言学教程》，第136页。

　　索绪尔的符号语言学一经传播，便影响了与语言相关的各个学科，而在这些学科中与我们的后续话题密切相关的则是克罗德·列维－斯特劳斯从文化人类学视角对原始文化进行的神话学研究，以及罗兰·巴特从符号学视角对当代消费文化进行的神话学研究。列维－斯特劳斯研究的"神话"虽然触及人类社会的根基，但对当代人来说或历史久远或过于"野性"，因此读来未免有些疏远感。对当代读者来说读来更加切近生活的则是早于列维－斯特劳斯的《神话学》发表于 1957 年的罗兰·巴特的《神话学》，这是同样深受索绪尔结构符号理论影响、把符号和结构研究扩展到语言之外、并在战后欧美人文和社会科学领域内发生重大影响的一部力作。

　　巴特的《神话学》[1]收集了 1954 年到 1956 年每月为《新文学》的"本月神话"专栏撰写的文章，因此涉及的都是当代主题，包括业余摔跤、旅游指南、法国人的葡萄酒、爱因斯坦的大脑、环法自行车赛、雪铁龙最新款、时装、电影、玩具、报纸、艺术、阿尔卑斯山的农民、政客、广告和常识等，当代法国生活中看似日常但却非常重要的现象和话语，即那些无疑由历史所决定的"我们身在其中的现实"（11 页），而研究的目的则在于作为整体的文化是如何把那些虚伪的、捏造的、具有严重意识形态性的事物和价值观表现为自然而然的、毋庸置疑的，甚或具有永恒普遍真理的文化现象的。

　　　　整个法国都被笼罩在这匿名的意识形态中：我们的报纸媒体、我们的电影、我们的剧场、我们的通俗书刊和杂志文化、我们的仪式、我们的司法、我们的外交、我们的对话、我们对天启的评论、一宗谋杀案审判、一场感人的婚礼、日常生活的所有事物，都依赖于中产阶级所拥有

---

〔1〕　罗兰·巴特：《神话修辞术》，屠友祥译，上海人民出版社，2016 年。相关援引文中只标注页码。

的及令我们拥有的在人类与世界间关系的表征。这些"正常化"的形式，没有吸引多少注意，事实上是他们扩张了，而他们的起源却轻易遗失了。（140页）

显然，从事这项"神话学"研究的目的并不仅仅在于揭露，还在于祛除"今日神话"的神秘性。如果说列维－斯特劳斯的神话研究拨开层层结构的外壳，揭示了那些曾经"被拒斥的非理性思维形式"，那么，巴特的神话研究就是通过剥除现代文化的层层表象而暴露出国家／民族意识形态幌子下的现代文化之人为的、虚伪的本质。这里，"被拒斥的非理性思维形式"与"意识形态幌子下现代文化之人为的、虚伪的本质"除性质和作用不同外，用以揭示或"去魅"的手段其实是相同的，都没有摆脱费尔迪南·索绪尔结构／符号语言学的影响，尽管二者都对索绪尔的符号理论进行了不同程度的改造以适应自己特定对象的研究。

对克洛德·列维－斯特劳斯来说，神话的特征是结构从属于意义，让结构成为对意义的直接表达（《神话学·裸人》，700页）。列维－斯特劳斯通过分析音乐创造意义的过程来说明这一点。具体而言，音乐是通过两种手段来完成其意义生产的：把一些结构与另一些结构相对比，或通过转换结构的可感度来保持结构（701页）。在音乐中，不同结构只有通过将自身结构与其他结构区分开来（对比研究）才能够存在，即在音调、音高、音色和节奏上保持自己的特色才能显示自身的存在。但是，一个结构的背后总是隐藏着一个潜在的结构（一个意义的背后也总是隐藏着另一个潜在的意义）；这个隐藏的结构只有通过迂回地展开其同型性（比较研究），即可感觉的因素才能保持其个性。"音乐作品是一个能在听众心灵中引发意义的声音体系"（702页）。音乐以声音为代码影响接受者，其特定的代码（声音组合）使得接受者产生某种偏好或喜爱，于是在接受者心中产生共鸣，进而产生特殊的意义（区别于其他接受者接收的信息或意义）。这意味着，听众或非音乐家（非作曲家）拥有以前从未利用过的潜藏的意义，当音乐发出某种特定的声音时，这种潜藏的意义就会被勾引出来，与音乐的声音结合起来，即音乐家（作曲家）与听众之间理智与情感的结合，或者说是声音与意义的结合，而产生特殊声音组合的特殊意义。

在这方面，音乐与神话是相同的，只不过神话是以形象为代码，而音乐是以声音为代码。而且，音乐和神话都是用于庆典／仪式的；按巴特的说法，都是一种言说方式，"一种意指样式，一种形式"。[1] 音乐中声音与意义的结合是把两个一半加以组装的结果（705 页），一个一半是"声音的冗余"，即听者（接受者）自处时产生的声音，另一半是"意义的冗余"，即作曲者创作时所忽略的意义（他不是为意义而创作）（705 页）。但是，语言所利用的声音不同于音乐的声音，语言的声音常常难以表达音乐的声音所表达的意义（所以人们有时感到无法用语言表达他们对音乐的感受），于是可以说，"音乐的沟通和语言的沟通预设了所有这两种声音和意义的结合；然而，也可以同样正确地补充说，由音乐沟通动用的声音和意义正是语言沟通未利用的声音和意义。这两种类型的沟通在这方面处于互补的关系。"[2] 这种互补关系存在于语言艺术与所有其他非语言艺术之间。如果说"音乐不考虑听众在聆听催人泪下的作品时内心深处会产生情感反应，那就半途而废"的话（707 页），那么，绘画、雕塑、建筑等其他造型艺术就无不如此。即使在语言艺术内部，也同样存在着声音与意义互补的情况，如喜剧性事件的场合或者笑的场合。这是因为"人的心灵保持一种始终是潜在的紧张状态，时刻支配象征活动，把它保留起来，准备用于应对思辨或实践领域里各种各样的要求"（708 页）。

就神话而言，它排除对话；它用声音作代码，在这一点上神话扮演着与

---

〔1〕 罗兰·巴特：《神话修辞术》，屠友祥译，上海人民出版社，2016 年，第 139 页。

〔2〕 克洛德·列维 – 斯特劳斯：《神话学·裸人》，第 706 页。

音乐相同的角色。音乐中各种音调的调和在于解决对立面，节奏的对立面——对称的和不对称的，透明的和隐含的，节奏的对比和音调的对比，等等。这是神话中常见的情形，只不过在神话中这些对立的因素体现为不同的层面，如"实际的层面、象征的层面和想象的层面"（717页）。在音乐中，这些层面相互叠加，相互包容，直到发现优美的调性。最终，当实际和想象这两个层面相互合并或重合时，其他对立也随之消失了。这意味着，神话本身不是生成对立，而是转换对立。"神话思维本质上是转换性的"（726页）。

> 每个神话刚一产生就因被讲述者改动而发生变化，无论在部落群体内部还是民族间传播时都是如此；有些元素失落，另一些取而代之，各序列次序被打乱，扭曲的结构经历一系列状态，不过这些状态的逐次变化仍保留了群的特征。

这些变化是离散的，非连续的，但却是相互关联的。按照列维－斯特劳斯的总结，结构主义的神话分析在于发现事物背后的统一性和连贯性；在于把人重新整合进自然；在于调和可感觉的东西和可理解的东西、定性的东西和像几何般严谨的东西，并在二者间搭起桥梁。它的目的不是为解释一方而牺牲另一方，而是要让人接受存在与非存在这两个明显矛盾的事实，并在二者之间"引发无限系列的二元区分，以便中和二者的对立"（746页）。最终，结构主义的思维是沿着理智的道路去恢复真理，深刻的、有机的真理，并将其带到意识的层面，让人们感受"庞大而又复杂的构造物"，看到它的缤纷色彩，注视着它像"花朵慢慢开放，然后重又闭合，最后在远处消失，仿佛从来未曾存在过"（746页）。就连分析者本人最终也将从注定要消亡的行星表面上消失，不会有意识地去保存那些转瞬即逝的运动的记忆，世界表面从此以后将是一张毫无表情的脸；他的劳作、他的痛苦、他的欢乐、他的希望、他的作品最终都将是这张脸上被废止的笔录，剩下的只有无（747页）。

列维－斯特劳斯对结构主义之终极场景的描述已经含有了解构的因素，从搭建桥梁到引发二元系列，到中和这个二元系列，最终到它的消解，而终极意义则在于分析过程中对事物事件性和意指性的拆解式观察，其全部意趣在于运动的过程，并在这个过程中揭示真理。这也恰恰是罗兰·巴特所做的尝试。对巴特来说，作为一种言说方式的神话也是一个信息。其形式可以是口头言说，也可以是书面文字或表象，而不论是哪种形式，它都预先设定了一种能指意识，据此我们可以思考、谈论、述说神话的材料和意义。这就是所谓的神话修辞术："它既属于作为形式科学的符号学，又属于作为历史科学的意识形态，它研究呈现为形式的观念。"[1]这种用以呈现观念的形式是符号，是由"能指"和"所指"联结而成的，如"被赋予激情的玫瑰"，在成为符号之前，玫瑰和激情都是存在着的；作为能指的玫瑰是空洞的，只有将它的文化概念或所指（爱情、激情、浪漫）赋予这个能指，它才能成为符号并因此具有意义，于是就有了作为能指的玫瑰和作为符号的玫瑰，前者是空洞的，后者是有意义的。而神话研究的目的就是挖掘这种意义，即文化表层之下的意识形态。

但实际上我们有三种不同的"玫瑰"：作为植物（花）的玫瑰，作为能指（词）的玫瑰，和作为符号（观念）的玫瑰，在形式上类似于列维－斯特劳斯的"实际的层面、象征的层面和想象的层面"。把植物的玫瑰看成是实际的层面（显示它的物质存在），把能指的玫瑰看成是象征的层面（词或言语表达的象征性存在），这似乎是有道理的；但作为符号的玫瑰虽然具有某些想象的性质，但它作为观念而存在，因此绝不仅仅是想象。这正是巴特不同于列维－斯特劳斯的地方。在巴特看来，除了在索绪尔着意研究的语言的符号系统中存在一个三维模式（能指、所指和符号）外，神话中也存在一个同样的三维模式，只不过它是依据已经存在的符号链（初生的语言系统）建立的，因此是次生

---

〔1〕 罗兰·巴特：《神话修辞术》，屠友祥译，上海人民出版社，2016年，第143页。

的符号系统。初生系统里的符号（"概念与印象的联结总体"）在次生系统里变成了单一的能指，即观念变成了能指（144页）；也就是说，语言层面上的符号在神话系统中被转化为含有一个新的所指、新的概念的能指，把初生系统的意义转化为次生系统的意义。于是，神话中就具有了两种符号系统：

> 其中一个分拆开来与另一个发生关联：一种是语言系统，即抽象的整体语言（la langue 或与之相类似的表象方式），我称之为作为对象（工具、素材）的群体语言（langage-objet），因为神话正是掌握了群体语言才得以构筑自身系统。另一种系统是神话本身，我称之为释言之言（meta-langage），因为它是次生语言，我们以次生语言谈论、解释初生语言。（145页）

符号学家在面对神话时无需思考作为整体的语言系统，也不必考虑语言系统中的细节问题，而只需要看这个整体项是否适合于所面对的对象，无论是文字还是图像，只要一进入神话，它们就都是符号，就都具有意指功能，就都构成了作为对象的群体语言（145页）。这意味着，作为语言系统终端的能指，巴特称之为意义（sens），是神话系统的开端，巴特称之为形式（forme）；第二项所指没有变化，在语言系统中和在神话系统中仍然是概念（concept）；而第三项，即由能指和所指之关系所构成的符号，在神话中被称为意指作用。这个意指作用"具有双重功能，它意示和告知，它让我们理解某事并予以接受"（147页）。

显然，神话能指的双重功能既是语言系统之终端的意义，又是神话系统之开端的形式。"作为意义，能指已经设定了一种领会方式，我用眼睛理解能指，它具有感官的现实性（神话层面的能指与语言能指相反，后者纯属心理范畴），具有充实性。"而一旦变成了形式，意义就被抽空了，物质的历史不复存在，只剩下了作为形式的空洞的文字。于是导致了"阅读活动过程中……从意义到形式、语言符号到神话能指的异常倒退"（148页）。但是，意义并没有被消除，它只是被形式空洞化了，被放置在一个可控、可重新安排的地方。意义并没有消亡，它在延缓的死亡中失去了价值，但保存了生命，"神话的形式就从这生命中吸取养分，得到充实。"对于形式而言，意义只是瞬间的储存，既可以恢复也可以抛弃。但是，如果形式要存活，就"必须不断地重新植根于意义之中，并从中吸取实际的营养，尤其必须能够隐藏于意义之中"（149页）。一个行法国军礼的黑人并不是法兰西帝国的象征（"神话的形式不是象征"），而只是"自以为充实、丰富、生动、自然、素朴、无可置疑的姿态"。只要稍加摆布，向外扩展，就会促成或参与某个概念的建构，这就是"法兰西帝国性"，而这个姿势也就成了被借用的工具（149页）。

形式促成概念，即语言系统中的所指；它是"流淌于形式之外的历史"（149页）。它既具有历史性，又具有意向性。"法兰西帝国性"这一概念就与世界的整体性纠缠在一起，包括"法兰西通史、其殖民历险、目前的困境"等。但这种历史性并不就是历史的真实性，而是"对真实的认知"；而且，概念中所含有的信息也不是清晰的，而是含混的，"由随物赋形且毫无边界限定的联想构成"（150页）。这决定了概念没有固定形态，而具有变化无常的开放性，以及涉及行为之意图的适应性。在神话中，概念拥有"无限量的能指"："我可以找到一千个拉丁句子为我说明表语的配合，我也可以寻出一千张图片替我表示法兰西的帝国性。"概念可以通过各种形式展现，或者说，概念在不同形式中得以重复和强调，正因如此，阐释者才得以从这种重复和强调中发现概念的意图。

克洛德·列维－斯特劳斯也从结构语言学的符号性出发，将其应用于社会学和人类学的研究，认为结构语言学是"唯一的一门以科学自称的社会科学，……既有一套实证的方法，又了解交给它分析的那些现象的性质"。他引用马歇尔·莫斯的话说："假如社会学当初处处效仿语言学家的榜样，那么它现在肯定会先进得多。……"用时髦的话说，社会学家和语言学家是双赢的："语言学家通过把那些已经消失的关系在语言里的顽强存在揭示出来，为找到问题的解决办法出了力。与此同时，社会学家为语言学家解释了后者的词源学的来由，并且确认了其有效性。"[1]举例来说，社会学家在研究亲属关系的时候，发现他们和音位学家面对相似的问题：即表达亲属的词项只有放到系统之中才具有意义，就仿佛语言中的一个单位只有放在整个语言符号系统中才有意义一样；于是得出结论说："亲属关系诸现象是在另一范畴内的现实当中跟语言现象同类的现象。"但是，如果就此急于把语言学家的分析方法用到社会学家对亲属称谓的分析中来，不但没有任何解释力，反而违背了语言学家的精神，因为"词汇阶段不存在必然关系"，[2]也就是说，单单词汇并不能构成语言系统，因此只研究词汇中的亲属称谓也不能构成社会学所要求的亲属关系的系统。只有当把亲属关系的系统与语言学系统（音位学系统）的类比建立在心理的无意识层面上时，其对立的对偶（父亲/儿子、舅舅/外甥、丈夫/妻子、兄弟/姐妹）以及具有差异的元素才有意义。

依据语言学系统的模式对亲属关系进行分析之后，列维－斯特劳斯发现亲属关系的系统，哪怕是最基本的，也同时既是共时的又是历时的（50页）；有些关系（如舅甥关系）虽然分布极广，但绝不是一种普遍的关系（51页）。就亲属关系的系统与语言符号的系统之间的类比而言：

亲属关系的系统是一种语言行为；但不是普适的语言行为，别的表达方式或行为方式可能更受重视。从社会学家的观点出发，这一点意味着，当我们面对一种特定的文化时，总是要提出一个初步的问题：这个

---

〔1〕 克洛德·列维－斯特劳斯：《结构人类学》，张组建译，中国人民大学出版社，2006年，第37—38页。

〔2〕 克洛德·列维－斯特劳斯：《结构人类学》，张组建译，中国人民大学出版社，2006年，第37页。

系统是否系统化？这个问题听起来有点荒唐，实际上只有就语言而言这个问题才是荒唐的，因为语言才是名副其实的表意系统，语言不可能不表达意义，它的存在以表达意义为旨趣。相反，随着我们逐渐脱离语言去观察同样以表达意义为任务的其他系统，这个问题就应当得到更加严谨的对待。表意的价值在这些系统里只是部分的、零散的或者主观的：例如社会组织、艺术等（51页）。

语言显然是名副其实的表意系统，因此提出这个系统是否系统化就是荒唐的、多余的。如果语言系统中诸表意因素的关系是任意的，而且以诸因素间的逻辑和心理关系的形式存在着，那么，类比之下，亲属关系的系统作为一种社会建构（如家庭关系）也是一个任意的表意系统，而不是实际存在于人类社会中的天然家庭，其表意项也因此不是作为存在条件的基本家庭，而是表示家庭关系之词项之间的关系。而如果把妇女看作社会群体中的核心价值，同时把乱伦禁忌、优先婚姻等社会规约看作"保证妇女在社会群体内流通的不同方式，……用社会学意义上的联姻系统取代源自生物学的血缘关系的系统"（65页），那么，婚姻法则和亲属关系制度就成了语言学中的整体语言（la langue），"也就是一套操作，其目的在于保障个人之间和群体之间的某种形式的沟通，"而沟通的"信息"就是在氏族、世系或家庭之间的群体内部"流通"的妇女（66页）。于是，妇女就成了符号，但"也是符号的制造者"，因此妇女"不能被简化为象征或筹码一类的东西"。列维－斯特劳斯以此堵住了女性主义者的嘴巴（66页）。"在用婚姻规则与亲属称谓语构成的这个男人之间的沟通体系当中"，作为符号的妇女能够说明人类很久以前与词语是什么关系，反映言语行为之初某些有代表性的心理和社会侧面，并证明妇女是否是男人之间进行词语交换的原始动因（66—67页）。由此得知，"语言结构与亲属制度之间存在着一种形式上的对应关系"（68页）。

这里，问题已经不是"一门语言或语言行为和一种文化或一般意义上的文化之间的关系",而是"被视为科学的语言学和人类学之间的关系"了（73页）。语言是文化的产品，反映一个社会的整体文化；但语言也是文化的一部分，是构成文化的重要组成因素之一。面对这一产品和文化因素，语言学家提出的问题是：语言究竟是什么？究竟谁在说话？也就是纯粹的语言问题。但语言学家愿意接近人类学家，这是因为他们希望研究更具体的事物，更贴近所研究的事物以便获得近似于对具体经验现象的领悟；而人类学家也愿意接近语言学家，是因为他们要以语言学家为向导，以便摆脱由于对具体经验现象过于熟悉而造成的困惑。或者说，语言学家和人类学家之所以相互靠近，是因为"每一方（都）想从另一方得到……恰好是对方希望摆脱的东西"（75页），并以此达到互补。这种相互接近或许说明，研究一门语言必须与语言之外的（一切）形式相沟通，即从整体上解读社会中的三种流通："亲属关系与婚姻法则保障妇女在群体之间的流通，就像经济法则保障商品和服务的流通，语言学法则保障信息的流通一样。"列维－斯特劳斯称这种语言内外的沟通为"哥白尼式革命"（88页）。这三种流通本身也是交换形式，它们之间必然存在着某些关系。这意味着，语言研究必须走出语言自身之外，扩展到语言之外的社会生活的不同方面，并达到一个能使各种社会生活现象相互过渡的层面，建构一种普遍的、能统领所有这些方面之特殊结构所共有属性的语码（code），以便于对这些方面进行相互比较，进而触及其最深层的本质。那么这个最深层的本质是什么呢？如果把语言和文化看作是一个最基本活动的两种并行发展或形态，而且能在数千年的时间里畅行无阻，那么，这个最基本的活动就只能是"人类的心智的活动"，即思想或思维活动。

在《野性的思维》[1]中，列维－斯特劳斯不再渐进地从亲属关系过渡到宗教、艺术、神话、仪式等平行的社会文化结构，而是直接考察作为整体的思想的层次：

---

〔1〕 克洛德·列维－斯特劳斯：《野性的思维》，李幼蒸译，中国人民大学出版社，2006年。

这个层次本身被认为是思想唯一未驯化的形式；并不存在与文明对立的原始人，也没有原始的心灵状态，也没有野性的思想；也不再有任何绝对的异质性格；在"图腾幻想"（illusion totémique）之外，只存在一个野性的思维；而这个思维甚至不先于逻辑，而是与逻辑思想同型的；更大意义上的同型：它多分支的分类，它精确的词汇，就是分类思想本身，但是，诚如列维－斯特劳斯所说的，这是在另一个策略层次，在感官层次上运作的。野性的思维是有关秩序的思想，但又是一种并不思考自身的思想。就此而言，它的确符合上面所提及的结构主义的那些条件：无意识的秩序——被看作差异的系统之秩序——能被客观地研究、"独立于观察者之外的"秩序。[1]

不能不说利科的这段话是对列维－斯特劳斯之"野性的思维"的最精辟概括。利科认为，由于列维－斯特劳斯把可理解性依附于"语码"，以确保社会实在之不同层次（氏族组织、动植物名称和分类、神话和艺术等）排列之间的对应性和同型性，因此而选择了句法，放弃了语义学，也因此导致了这种方法的局限性："缺少对自身有效性条件的反省，缺少对这种理解类型所要付出的代价的反省，简言之，缺少对于局限的一种反省。"（48页）他责问列维－斯特劳斯没有在把"野性的思维"与某一文化层面相关联的过程中给出那些"美妙的排列"，而用思想做一些"零碎意义上的修修补补的活儿"，但同时也不无讽刺地承认"这部书从未提出任何关于神话思想之统一性的问题"（48页）。

的确，列维－斯特劳斯在该书第一章就把从事"野性的思维"的研究或神话思考的人称作"修补匠"，而神话思考就是"一种理智的修补术"。它

---

[1] 保罗·利科：《解释的冲突：解释学文集》，第47页。

能说明"人们可以在两个平面之间观察到的那种关系",能在理智的层面上（而非在技术的层面上）"取得出色的、意想不到的结果"。[1]修补匠不同于工程师，他不从事单一的设计工作，而从事大量的各种不同性质的工作；他不依赖设计方案或方案所提供的原材料和工具，而用手边的现成之物来操作；他总是依据工具性来确定工作的内容，根据"终归会有用"的原则来收集储存零件，而每一个零件都"表示一套实际的和可能的关系"（22页）。

我们知道，构成神话思想的各要素总是介入知觉对象与概念之间，二者之间还有一个中介物，称作"记号"（signe），因此可按索绪尔的方式将其规定为"形象与概念之间的一个联系项"，于是，形象和概念就分别起着"能指"与"所指"的作用。这个"记号"不同于索绪尔结构语言学中的"符号"，并不是统领形象"能指"与概念"所指"的符号总称，而可以作为形象而指一个具体的实体，并由于具有指涉能力而与概念相像。因此，这个"记号"或是"表示一套实际的和可能的关系"的那个零件。"记号"与概念的相似之处在于它们都能用其他东西替换，而不同之处则在于概念具有无限的替换能力，"记号"则不然（22页），因此与"零件"更加相似。列维－斯特劳斯用修补匠的例子来说明，修补匠在投入工作时实际上要做的第一件事是回顾性的：

> 他必须转向已经存在的一组工具和材料；反复清点其项目；最后才开始和它进行一种"对话"，而且，在选择工具和材料之前，先把这组工具和材料为其问题所能提供的可能的解答加以编目。他对组成他的宝库的品类各异的各种物件加以推敲，以便发现其中每一项能够"意指"什么，从而有助于确定要加以实现的一个组合，但是这个组合最终将只

---

[1] 克洛德·列维－斯特劳斯：《野性的思维》，李幼蒸译，中国人民大学出版社，2006年，第21页。

在其诸部分的内部配置方面不同于那个作为工具的组合。（23 页）

　　修补匠使用和收集的零件与神话的组成单位一样，也取自语言，它已经有了一种意义，因而在使用（组合）时受制于这个意义，另外，在特定位置上安置特定零件也必须考虑到它是否有被替换的可能。因此，每一个选择都是对该结构的重新组合。在这方面，修补匠与工程师并无更大的区别。工程师也是一个"对话者"。只不过工程师"是向世界发问"，而修补匠则与作为文化组成部分的"一批剩余物"打交道。此外，科学家也是"对话者"，他对话的对象不是纯自然，而是"自然和文化之间的某种关系状态，……由他所处的历史时期、他所属的文明以及他所掌握的物质手段来确定"（24 页）。他也和修补匠一样，首先需要零件或记号来进行组合和编目的工作，即对所掌握的理论知识和实践的技术手段进行组合和编目。科学家（这里包括工程师）靠概念工作；修补匠则靠记号工作。概念要与现实有一种明晰的关系，而记号则容许甚至要求把人类中介物结合到现实中去。在对待信息方面，修补匠收集已经存在的、事先传来的信息；科学家则总是留意其他信息，对事先未予解答的问题保持缄默。靠概念工作的科学家是开启所使用工具的操作者；靠"记号"而发挥"意指作用"的修补匠则是重组工具的操作者。前者不断开发新的工具，而后者则只限于变换已有的工具（25 页）。

　　然而，二者之间的区别也许并不如此明显。在所思考的神话中，形象不是观念，但可以与观念一起存在于记号之中，即便观念还没有出现，它也总是以否定的轮廓在记号中占有位置。换言之，形象和观念总是构成一个系统，即记号；记号中其中一个成分发生变化将会引起另一个（或其他）成分的变化。这就好比逻辑学中的"外延"与"内涵"，二者不是互补的，而是相互关联的整体。神话思想存在于形象之中，但仍然可以对其进行科学的概括。何以如此呢？这是因为"神话思想也是借助类比和比较来发挥作用的"，即便它永远像修补术一样，"是由诸成分的一种新的配置组成的，无论它们是出现于工具组合之中，还是出现于最终配置之中，这些成分的性质都无法改变"（25页）。所以，神话思想必须建立或构想可用手段的清单，其最终结果是"工具性组合的结构与设计结构之间的一种折中物"，这个折中物将不同于其最初的目的。"修补匠的诗意创作产生于他并不仅仅表现于去完成或去实行；他不只是如我们已经指出的那样去与事物'说话'，而且是通过作为介质的事物去说话；经过在有限的诸可能性中所做的选择来叙述其作者的个性与生活"。（26页）

正是在这个意义上，列维－斯特劳斯把神话思想归结为"一种理智形式的修补术"。神话思想不像科学那样以偶然事物和必然事物（事件与结构）之间的区别为基础，而是使用事件的存余物和碎屑，也就是历史中所凝结的个人和历史的实例，"将其拼合在一起来建立诸结构"。而科学则以事件的形式创造手段和结果，提出假说和理论，即结构。在知识史上，神话和科学处于两个不同的阶段。"艺术家既有些像科学家，又有些像修补匠：他运用自己的手艺做成一个物件，这个物件同时也是知识（认识）对象"（27页）。科学家借助结构创造事件，修补匠借助事件创造结构：科学与神话于是处于相互对立即二元对立的位置上了。而居于二者之间的艺术把图式和轶事、内部与外部、存在与生成统一起来，用艺术工具（画笔）生产"一个并不如实存在的对象"，但却能在艺术品中把它创造出来，使之"生成"一种或多种人为的、自然的、社会的结构与事件的综合，这便是艺术的审美情趣，其中不仅有艺术家本人的，还有观者个体的。"美感情绪就是结构秩序和事件秩序之间统一的结果。它是在由艺术家而且实际上还由观赏者所创造的这个东西的内部产生的，观赏者能通过艺术作品发现这样的统一体"。（31页）

不难看出，列维－斯特劳斯在此已经论及文学艺术的阅读和接受问题，即观者／读者参与艺术创造和接受艺术作品的问题了。但是，出于结构的考虑，列维－斯特劳斯把神话"既看成抽象关系的系统，又看成美学冥想的对象：实际上，产生神话的创造行为与产生艺术作品的创作活动正相反。对于艺术作品来说，起始点是包括一个或数个对象和一个或数个事件的组合，美学创造活动通过揭示出共同的结构来显示一个整体性的特征。神话经历同样的历程，但其意义相反：它运用一个结构产生由一组事件构成的一个绝对对象（因为所有神话都讲述同一个故事）。因而艺术从一个组合体（对象＋事件）出发达到最终发现其结构；神话则从一个结构出发，借助这个结构，它构造了一个组合体（对象＋事件）"（31页）。毋宁说，《野性的思维》提出的一个重大理论问题也就是结构与事件之关系的问题；它们都从结构语言学的共时性和历时性概念出发，通过神话思想的"修修补补"确定二者之间的一种二元对立关系。在修修补补中，结构利用"碎屑"保全了事件，搭建起随时可在其他结构里重新使用的意义仓库，利用"剩余物"而保证了意义的原始供给，对纯粹哲学和神学的特征进行修正，进而推进了对传统的继承和解释学的发展。这就是列维－斯特劳斯引用鲍阿斯的话所要说明的真正意味："神话世界被建立起来只是为了再被拆毁，以便从碎片中建立起新世界来。"（25页）

列维－斯特劳斯1962年发表《野性的思维》，1964年又发表了《神话学》第一卷《生食与熟食》，此后三卷陆续出版。[1]如果说《结构人类学》和《野性的思维》是列维－斯特劳斯哲学结构主义之肇始，那么，他的四卷本的《神话学》则是这种哲学结构主义之集大成，即索绪尔的结构语言学与他自己的文化人类学的完美结合。这部卷帙浩繁的神话学研究著作最终表明：

> 一切神话皆发源于个人的创造。为了"提升"到神话的地位，个人创造的作品交付给"口头传播"。在"口头传播"过程中，一切与创造者个人的气质、才干、想象力和个人经验相关的偶然因素皆被淘汰，唯

---

〔1〕1967年第二卷《从蜂蜜到烟灰》；1968年第三卷《餐桌礼仪的起源》；1971年第四卷《神话学·裸人》。

有基于共同的集体之共同需要的、有结构的层次才保持稳定。于是，渐次从话语总体中离析出"晶体"，即共同体按集体模式采纳的神话。所以，神话作为话语或文本的结构，是"无名氏的话语或文本"。神话思维是无主体的，是集体无意识。这是从神话生发出的结构主义的核心思想。"结构的事实是第一位的"，不可以把结构还原到"发生"，因为，虽然一切结构都是必然地产生出来的，但问题是一个结构的每个先前阶段本身也都是一个结构。神话的特征是结构依附于意义。神话的逻辑结构的"周期分布"乃与"语义层级"不可分离。神话让结构从属于意义，成为对意义的直接表达。[1]

这是迄今为止既是对列维－斯特劳斯的神话研究，也是对结构主义深层思想比较全面深刻的总结。从神话的缘起和发展，到结构的重要性和意义，以及结构的无主体性和对意义的从属性，所有这些都远远超出了神话作为虚构之事的层次，即以道德教化为目的的那些看似具有永恒和普遍真理的隐喻故事，而深入到文化史、民族史和文化人类学内部的最基本结构，揭示了隐藏在神话结构深层的那些曾经"被拒斥的非理性思维形式"。

---

[1] 周昌忠：《神话学·裸人·译者序》，中国人民大学出版社，2007年，第5页。见克洛德·列维－斯特劳斯著《神话学·裸人·终乐章》，第675—747页。

4

德里达：

人文学话语中的符号游戏[1]

    神话让结构从属于意义，使其成为对意义的直接表达，这无疑是说，结构与意义就如同形式与内容，都是一块硬币的两面，既是辩证统一的，又是相互分隔的。形式既然从属于意义，那就必然是由意义决定的，而在表达意义的过程中，形式（结构）又不可避免地影响着意义的表达，因为任何形式或结构都不足以表征所要表达的意义。于是，在结构与在结构之下隐藏的思想之间就存在了裂痕，也就是说，结构不能够完整地表达思想；形式不能充分地表达内容。我们无法追溯到事物的真实发生，因为即使是神话所记叙的事物的发生也不外乎是无从继续追溯的"混沌"，那么，对于人类来说，我们也就只能利用依靠某种形式或某种结构而先存的叙述，或利用依靠某种媒介而先讲的故事，来探讨隐藏在事物深层的尚未被表达出来的内容或意义。这就意味着，要深入到结构的内部获取被丢失的意义，就必须首先打破隐藏着这

---

[1] 《柏拉图以来的批评理论》（第三版，下册），北京大学出版社，2006 年，第 1206—1214 页。

个意义的结构，而结构的确立，按照列维－斯特劳斯所说，也正是为了被打破，被打破的碎片也恰恰是新的结构得以重新建立的基础。这实际上就是德里达所从事的任务。

在《人文学话语中的结构、符号和游戏》一文中，德里达开头就引用了蒙田的一句话："我们需要阐释已有的阐释，而非物。"这句话点出了文章的主旨：自有文字以来，或者，自从生物（包括人类或动物）能够用语言、手势、身体姿态讲故事或者叙述事件的发生或某物的形状及特征以来，蒙田所说的"阐释"（interpretation）就出现了，因此，我们现在所看到的一切几乎都是阐释，也就是说，都已经不是我们所理想的那种实存的物（things），而只是用语言所建构的物、用语言来阐释的物了。这些阐释经过无数次阐释和再阐释，精华的部分被保留了下来，成为思想的结晶，即所谓的"话语"（discourses）；糟粕的或者未被视为合理的东西就被淘汰了。在人文科学和社会科学话语中如此，在自然科学话语中也无不如此。于是就可以说，我们实际上是生活在一个由语言所构筑的不同话语的世界中，并相信这些话语的合理性。因此就更可以说，从事人文科学的工作者所面对的就都必然是已有的阐释，已有的文本，因此所做的工作也就必然是对阐释的阐释、对已有文本的重新建构了。

然而，我们也可以从另一个角度来看待这个问题：物也许从未发生过任何变化，物依然是物，变化的乃是对物的阐释，是各种各样不同的说法，有时甚至是本末倒置、相互矛盾的说法，最终对于物的阐释就变得莫衷一是、人云亦云，而究其实却又令人无所适从了。这就是德里达在本文结束时所说的，物"仍然是不可命名的东西"：无论经过了多少次阐释、论证、定义，物仍然是物自身；物自身仍然没有发生任何根本的变化，仍然是尚未被命名的，也就是说，对物的命名的工作仍在继续。

德里达文中的关键词是结构、符号、游戏。但在具体解释"结构"的意思之前，德里达提到在结构的概念史上发生了一种可以被称作"事件"的事情，虽然"事件"这个词有多重解释，不能引发出某种特别的意义，但这恰恰是结构思想或结构主义思想所要还原或所认为的那种结构功能。这个"事件"是什么呢？表面上看，它是一次断裂或折叠，而这断裂或折叠又指的是什么呢？在时间上看，显然是一次历史性事件，其重要意义不言而喻。但在追溯这次历史性事件之前，我们先来看一看与"结构"概念息息相关的"认识"一词的"发生"。

在某种意义上，"认识"的概念即 épistémè 与结构的概念同样古老，国内学界把这个词译成"认识型"。在古希腊语中，其动词是 ἐπίστημι，即"认识、理解、熟悉某物"之意；名词是 ἐπί'στᾰμαι / epístamai：指知识、科学或理解，包括科学知识或哲学知识，最终是"智慧"。柏拉图曾将 épistémè 与 doxa 相对比，用后者指普通信仰或舆论；此外，它也区别于 techne，一种技艺或应用技能。由 épistémè 而产生了西方的认识论（epistemology）。福柯将其定义为"能够从所有可能的陈述中分离出内部可接受的一种陈述的策略性工具"，它不是一种科学理论，而是一个科学性的场域，是使分离成为可能的"工具"，但不是真与伪的分离，而是科学性与非科学性之间的分离。[1]但在特定文化和特定的历史时刻，常常只有一种 épistémè 决定一切知识产生的条件，它可能通过理论而清楚地表达出来，也可能沉默地深嵌于实践之中。[2]由此可见，épistémè 并不是一种认识的类型，而是认识事物的"工具""策略"，其主要功能是"分离"，而"分离"的最终结果是发现差异，并在差异中发现意义。

毋宁说，épistémè 类似于语言中结构的结构性。这是因为，作为对事物的理解、认识甚或智慧，作为认识事物的工具和策略，这种 épistémè 必然深植于普通语言之中。换言之，科学认识，哲学知识，乃至人类智慧，都深植

---

〔1〕 Michel Foucault, *Power/Knowledge*, p. 197.

〔2〕 Michel Foucault, *Les Mots et Les Choses*（*The Order of Things*）（in French）, New York: Vintage, p. 168.

于普通语言之中，深植于普通语言的土壤即人民大众的生活之中，并作为发展的却又不可分解的因素而存在着。在德里达想要限定或标示的"事件"发生之前，结构（structure）或结构性（structurality）虽然始终在发挥作用，但却被化简为一个中心，一个原点，一个实存的固定点。它是不可分离的，不可解构的，乃至超验的和不可企及的了。而德里达想要解构的"结构的结构性"恰恰就是这样一个含有不可解构性的结构。

在功能上，结构的中心主要是把握方向，平衡和组织结构中的各种因素，最重要的则是使结构发挥作用，这里的"作用"在英文中译成 play，具有双重含义：作用或游戏。一个结构的组织原则就是让这个结构整体发挥作用或使其各个因素在总体之内相互作用，或相互游戏。任何结构，无论是什么，都必然有一个中心；没有中心的结构是不可能的。

这个中心既然开启结构的游戏（使其发挥作用），也就可以关闭其游戏（使其失去作用）。它作为中心，占据中心的位置，不允许对其各个构成因素、内容和条件进行替代、改造或改变。每个构成因素实际上也是结构，即结构中的结构，如果改变了它们，也就改变了结构的整体，因此，要保住结构整体，就要保证不改变这些结构中的结构。

中心是独一无二的，具有双面性：一方面，它构成了一个结构内部的核心，控制着整个结构；另一方面，恰恰由于它控制着整个结构，因此也就能够游离于结构之外，即脱离结构性的控制。中心的悖论就在于，它既在结构之内又在结构之外。（脱离结构性意味着不受结构的限制，只把握方向、组织和平衡各因素之间的关系，但不被组织，也不被平衡。）这就是说，它位于总体结构的核心，但又不属于这个总体。那么，总体是什么？总体指的是一个结构的全部因素，而这些因素是由中心来组织、平衡和把握方向的，所以，中心不在这些因素之内，不在总体之内；它制造了这个总体，把握着这个总体的方向，但又不在这个总体之内；它只能是超验的（如上帝之于犹太教和基督教），或超乎于法律之上的（如专制制度中的君主，极权主义统治的独裁者）。

　　而问题就出现在这里。按上述理解，中心不是中心。即是说：中心组织了这个结构，但却又不是这个结构的中心。对一个结构来说，有中心是合乎逻辑的；但如果这个中心不在总体之内而在总体之外，那就是不合乎逻辑的。这就是德里达所说的 contradictorily coherence 或 coherently contradictory，即"矛盾的合逻辑性"或"合乎逻辑的矛盾性"，这实际上是事物的常态：任何事物都含有这个悖论，任何事物都符合这个悖论，如梦即是实现冲动的欲望，又是对冲动欲望的压制。

　　这实际上把结构的概念与游戏的概念联系起来了。结构和游戏都是建立在一个坚实的基础之上的：不动性和确信。不动性的对立面是动摇；确信的对立面是焦虑。不动性和确信都与游戏毫不相干，但根据"合乎逻辑的矛盾性"这个悖论，它们又与游戏息息相关：一方面，只有确信才能消除焦虑；另一方面，确信从一开始就必然处于游戏的运动之中，而既然处于游戏的运动之中，也就必然具有变化或被改造的可能性。于是，结构就与游戏一样都不是一成不变的：当结构发生作用（play）时，它实际上是在进行一场游戏（a play is a game）。而游戏，即便是规则最严格的游戏，在同类游戏的家庭相似性的比照之下，也是不规则的（见维特根斯坦的"游戏说"）。

　　由于中心既可以在结构的内部又可以在结构的外部，所以它也可以是起源或终点、原型或目的。就一个词的意义而言，它总是可以追溯到词的起源（原型）或词的终极意义（目的，即在一个句子中所表达的特定意思），在二者之间，也就是在从起源到目标之间的历史发展中，词总会发生重复、替代、变形和改造，在这个过程中，起源和目的始终是在场的。于是，考古学（起源）与末世论（终极目的）就不可避免地走到了一起，一个回溯源头，另一个瞻望末日。它们共谋还原结构的结构性，即组织一个结构的中心，并依据一个完全在场的（而非超验的）、超越游戏（变性）的中心来创建结构。

　　还原结构的结构性就是把结构还原到一个中心，将结构的功能还原到一个中心。这种还原如若成功就必须依据一个超越游戏（变性）的或一个坚实不变的"完全在场"，使得中心出现在意义（即终极意义或目的）也在场的时刻，而终极意义（如世界末日）却不断地推延、延宕或迂回，所以，中心与意义永远不会同时在场，这样，实现终极意义或目的的时刻也永远不会到来（见德里达的"延异说"，参见基督教的基督再临说或末世论）。

一个词的历史，结构概念的全部历史，或者整个人类的发展史，在上述意义上，就可以说是用中心替代中心，但其终究意义却是永远缺场的历史。在世界史的范围内，这体现为一个帝国替代另一个帝国的历史；在意识形态史上，这体现为一个观念替代一个观念的历史；而在思想史的范畴内，则是一个思潮替代另一个思潮的历史。在替代的过程中，最重要的并不是中心本身，而是构建中心的决定性因素；决定性因素一经改变，中心的替代就只不过是名称或形式的更换了，这些名称或形式也就成了修辞学上的隐喻和换喻了。当代法国哲学家米歇尔·塞尔（Michell Serres）称其为"占位和让位"，[1]实际上，从历史进程的角度来说，用"换位"来表示也许更合适。

在所有这些"占位、让位、换位"中，最重要的决定因素，也是德里达将要讲的最重要的主题，就是"作为在场的存在"，一个大写的存在（Being），而它所指代的乃是西方哲学史或西方形而上学所要证明的全部：现象、起源、目的、能量、本质、存在、主体、去蔽、超验性、意识、上帝、人，等等。

在此，可以问一问德里达在本文开头提到的断裂（rupture, disruption）究竟是什么了。作为"事件"，它指的是重申或重新思考"结构的结构性"，也就是"中心"的"换位"问题，因此，从根本上说，这次断裂仍然是一次重复（repetition，见本书德里达下篇）。在建构结构的时候是什么规律主导着对中心的欲求？按德里达的说法，这个中心在场的换位和替代的过程

---

〔1〕 参见 *Paul de Man: Semiology and Rhetoric*，Diacritics, Vol. 3, No. 3（Autumn,1973），pp. 27—33.

就是意义生成的过程（the process of signification），这是证明上帝或存在等本源或终极存在的唯一路径。然而，当你证明"上帝"这个中心存在的时候，你必须说明这个中心存在实际上并不存在，或者尚未存在过，所以你才要证明它的存在（典型的德里达的语言游戏）。在这个意义上，"一个中心的存在从来就不是它自身，始终是已经被从自身驱逐出来而进入了对自身的替代的东西。替代也不是为了以前似乎存在过的东西而替代自身。"因此，所寻求的中心，意欲用以替代自身的中心，并没有一个现存的形式，也没有一个自然的场所，更没有一个固定的地点，它不是当下的在场，而始终在未来，因此，中心不是中心，而只是一个功能，一个非场所（Michell de Certeau），仿佛一个火车站、机场、旅馆，其功能（游戏）就是让无数的符号在其中反复替代（人来人往），而对于这些替代和被替代的符号来说，根本无本源、无目的、无中心在场可言，也就是说，没有中心所指、没有本源所指、没有超验所指，有的只是一个差异系统。由于缺乏所寻求的终极或超验所指，所以，意义生成的过程，或者意义的游戏，将无限度地延伸下去。

那么，这个"作为事件"对结构的结构性的思考，这种解中心，究竟是从何时、何处开始的？

德里达的回答是始于"三大批判"：（1）尼采对西方形而上学的批判：对存在和真理的批判，结果是游戏、阐释和符号概念的出现；（2）弗洛伊德对自我即意识的批判，即对主体，包括自我认同、自我趋近和自我控制的批判，结果是无意识的出现；（3）海德格尔对整个西方形而上学的批判，包括对本体神学和存在在场论的批判，结果是向语言自身的转向。这三大批判显然都是解构性话语，所做的无非是：描述形而上学史和解构形而上学史，因而深陷描述与解构的关系之中。这里，德里达的分析涉及两条"孙子兵法"：一个是要动摇形而上学，这就必须使用形而上学的术语，运用形而上学史的句法和词汇来动摇形而上学史本身，这叫"以子之矛，攻子之盾"；另一个是进入所要解构的形式、逻辑和隐含的原理之中，从内部攻破，这叫"不入虎穴，焉得虎子"。这里，描述实际上是实施解构策略的最主要途径：描述可言说的，同时，通过描述把不可言说的展示出来（参见维特根斯坦的言说与沉默、描述与展示说）。

德里达举在场的形而上学为例：对在场的形而上学的动摇是从符号的概念开始的。如前面所讨论过的，一旦证明了超验所指并不存在（总是在未来），意指过程是无限制的（总是在延异），因此就可以拒绝使用符号的概念或"符号"这个术语本身，但这恰恰是不可行的，因为"符号"一词的意思总是被理解和确定为某某的符号，也就是用指一个所指（概念）的能指，但又不同于所指（概念），也就是说能指实际上指的并非是所指，而是概念所意指的东西。于是便有两种可能：一种是所指并不存在，这种情况下，能指也便不存在；另一种是能指与所指之间没有差别，这种情况下，符号便不能产生意义。也就是说，如果所指不存在，而只有一个能指，即一个没有所指的能指，致使能指无限度地漂浮，永远也达不到所欲求的终极意义，那么，能指本身作为一个形而上学概念也便毫无意义。这就好比理论界各种"主义"的讨论，总是一个名词接一个名词、一个术语接一个术语，一个观念接一个观念，但就是不落地，不生根，不进入内部，不进入所批评的文本，而总是浮于表面，飘浮在空中（所谓天马行空），结果不产生任何实际意义。

在此，德里达首先把列维－斯特劳斯推上了解构的前台，成为他批判的靶子。在《生食与熟食》中，列维－斯特劳斯"从一开始就试图在符号的层面超越意义（sensible）与理解（intelligible）之间的对立"。但是，这个对立是整个符号史得以立足的根本，如果超越了这个对立，整个论证便毫无意义。所以，德里达说："我们不能没有符号这个概念，因为我们既要放弃这一形而上学的共谋，又不放弃我们对这一共谋的批判，这是不可能的；否则就要在将一个所指的能指还原为所指自身的自我认同中冒消除差异的危险，或与此相同，将能指逐出自身之外。"这里所说的"形而上学的共谋"依然是指历史上的历次哲学批判，无不采取"以子之矛，攻子之盾"的策略，任何批判都不可能超越所批判的对象而行之有效。

　　然而，消除能指与所指之间的差异却有两个不同质的途径：一个是古典的方法，就是还原或派生出能指，即最终使符号变成思想；另一个是现在我们所用的，就是质疑前述这种还原方法。最重要的是质疑意义与理解之间的对立。其悖论在于：这个对立与还原是一致的：形而上学对符号的还原不能没有这个对立，因为符号是建立在这个对立的基础之上的。而且，这对形而上学中的一切概念、一切句子表述，尤其是关于"结构"的表述，都是适用的。上述提到的三大批判家——尼采、弗洛伊德、海德格尔就都没有超越他们所继承的形而上学的概念，也就是说，他们都在形而上学传统之内来反传统，都借用形而上学内部的句法、词汇来解构形而上学，一句话，在哲学内部反哲学。[1]因此，他们使用的每一个词、每一个句法都牵动整个传统本身。而就三大批判家来说，海德格尔就用与尼采同样清晰、同样有力的措辞抨击尼采，说尼采是"最后一个形而上学家""最后一个柏拉图主义者"，在德里达看来，对海德格尔和弗洛伊德，我们也可以采用相同的策略。

　　在列维－斯特劳斯和西方形而上学传统之后，德里达抨击的对象是人文学（human sciences）。在人文学中占据特权地位的是人种学或文化人类学。人种学作为一门科学恰恰是在解中心发生的时候诞生的，也就是在欧洲文化及其形而上学史和概念史被移位、被置换、不再被视为"参照性文化"的时候。而且，这种移位、换位不仅发生在哲学或科学话语中，而且发生在政治、经济、技术等话语中，事实上，人种学的出现恰恰是以对种族中心主义的批判为前提的，因此，种族中心主义就又成了人种学得以诞生的条件，而在历史上，这种批判又是与对形而上学史的解构共时的，都发生在同一个时代，因此，同其他任何科学一样，人种学也产生于欧洲的话语传统，这个传统也利用了

---

〔1〕 阿兰·巴丢在《维特根斯坦的反哲学》中提到了帕斯卡、卢梭、克尔凯郭尔、尼采、维特根斯坦等，并把界定为他们反哲学家，其特点是：1. 不安于现状，在当下即其所处时代的困惑中构建新的概念；2. 用自己的权威之言扰乱、鼓动、改变着他人，同时不免除自身的理性义务。

内部的传统概念，不管它怎样尽力抵制这些概念。对人种学家来说，不管他愿意不愿意，他都必须在解构种族中心主义的同时把种族中心主义的前提引入他的话语体系之中。简单说，社会科学或人文学的语言，人文学话语的批判职责，就是要清晰地系统地从某一话语传统中借用其资源，这是解构这个传统本身必需的资源。

而偏偏选中列维 – 斯特劳斯为靶子，倒不是因为列维 – 斯特劳斯在社会科学中给予人种学以特殊的重视，或他的思想在当代理论中占有特殊地位，而是因为在他的文本中清楚地涉及社会科学中对语言的批判和用以进行这种批判的批评语言。

这一次，德里达选择的例子不是意义和理解之间的差异，而是自然与文化之间的对立：对哲学来说这种对立是与生俱来的，甚至早于柏拉图，起码与古希腊的苏菲学派同龄。从古希腊的 physics（natural philosophy）/ nomos（law）、physis（nature）/ techné（craftsmanship）之间的对立，西方哲学构成了一条代代相传的历史链条，传承的则是与自然相对立的法律、教育、艺术、技艺，同时还有自由、任性、历史、社会、精神等。列维 – 斯特劳斯从研究伊始就利用自然与文化之间的对立，但同时不可能接受这个对立。什么是自然？列维 – 斯特劳斯的定义是：普遍的、自发的、不依赖任何特定文化或任何确定规范的东西；而文化的定义则是：依赖一系列规范来治理社会，因而是依据社会结构的不同而变化的东西。

然而，列维 – 斯特劳斯在第一部著作《血缘的基础结构》中就丢了丑：他遇到了不能用自然／文化的传统概念加以描述的对象——乱伦禁忌。乱伦是普遍存在的（而且是人性中固有的），因此可以称之为自然；但乱伦又是被禁止的，乱伦禁忌本身就是一套规范和禁令，所以，又可正当地称之为文化。这就是说，乱伦禁忌既是自然的又是文化的。但是，仔细想来，所谓乱伦的"丑闻"只局限于区别自然与文化之间差异的那些概念之中，也就是说，当专注于乱伦禁忌的事实存在时，自然与文化之间的差异就被抹去了，或受到了质疑。甚至可以说，如果不用自然与文化的对立来衡量乱伦禁忌的话，这个丑闻就不再存在了。在传统概念中，乱伦禁忌早于自然与文化这对对立概念而出现，因此也不会与它们相遇，或许，乱伦禁忌这个概念恰恰是自然与文化这对对立概念得以诞生的前提或条件。而与这对对立概念相一致的全部哲学概念化就是要在不可思议的领域内留下使得这种概念化成为可能的东西，这就是乱伦禁忌这个概念的源出。

　　这个例子（以及其他例子）表明的是，语言内部含有对自身的批判。这种批判以两种方式进行：第一，当自然／文化这对对立概念出现时，追问这两个概念的历史，但不是从语文学或哲学的角度，而是在哲学之外来分解这些概念。第二，用近似于列维－斯特劳斯的方法，保留所有这些旧概念，但不时地指出其局限性，只将其用作工具，不赋予其以真实价值，而且，当有新的工具出现时，就抛弃旧的工具而使用新的。而当这些新的工具已经发挥其作用，而且又有更新的工具出现时，也将被抛弃，也就是说，新的工具总是能从旧的工具中产生。这就是用社会科学的语言进行自我批判的方式，也是列维－斯特劳斯研究时所用的方法：对研究对象的真实价值进行批判，但同时又将其作为工具保留起来。

　　比如，他最早是在《血缘的基础结构》中批判自然／文化这对对立概念的。13年后，在《野性的思维》中，这对对立概念仍在，只是只具有方法论的重要性，而不再具有"本体论"的价值了，而且，这个方法论价值并不受本体论非价值的影响。他把这个方法称作"修修补补"，而进行这种修补的人当然也就是"修补匠"了。修补匠何许人也？修补匠是随时可以使用身边现成工具的人。这些工具已经存在了；他在使用时不会对其进行特别审视，尝试是否可行，而必要时会毫不犹豫地对其进行改造，也可能同时使用几种，即便其形式和源出完全是不同质的。在德里达看来，这种修修补补中包含着对语言的批判，甚至可以说修修补补本身就是一种批评语言：德里达以热奈特在1965年写的一篇文章"结构主义与文学批评"为例，说修修补补的分析方法几乎可以一字不差地用于文学批评。

如果把修补匠看作是借用或多或少具有逻辑性或已成废墟的传统概念的人，那么，还有什么话语不是修修补补的呢？也就是说，每一种话语似乎都是通过修修补补构成的。在列维－斯特劳斯看来，与修补匠对立的人是工程师：完全靠自己建构自己的语言、句法和词汇的人。他是自己话语的绝对源出，从无中用一块"完整的布料"建构了自己的总体，是动词的创造者，也就是说，与上帝无异。因此，我们可以认为工程师打破了一切修修补补的形式，而成了神话人物，而修修补补也就顺势成了神话概念，更何况列维－斯特劳斯也在别处谈到修修补补是神话。于是，矛盾出现了：工程师通过打破修修补补这个神话创造自己的总体，因此，工程师也是由修修补补创造的一个神话。德里达意在说明：对于任何话语创造，无论是科学的还是人文的，修修补补是必经之路；创新是始于传统的创新；新的话语必然产生于已存在过的历史话语。在这个意义上，工程师、科学家、思想家等都是修补匠。在别处，甚至列维－斯特劳斯也承认修补补补说是一种神话诗学，而工程师（以及他所代表的科学技术）就是由修补匠生产的一种神话。

也正是在这里，德里达看到修修补补不仅是一种认识活动，而且是一种神话诗学活动（mythopoetical activity），也正因为如此，德里达才认为列维－斯特劳斯关于神话的批判（话语）是"既反映自身又批判自身"的。在《野性的思维》中，他说："在技术层面上，神话反映与修修补补一样，也能在思想的层面获得卓越的前所未见的结果。反之，人们就会常常注意到修修补补的神话诗学性质。"德里达认为，神话诗学的这种自反性和自我批判性显然是人文学领域中所有语言所共有的特性。实际上，这种批评探讨中最引人入胜的，是对某一中心、某一主体、某一起源、某一绝对源出或某一特殊指涉的抛弃，也就是解中心化。在《生食与熟食》的序言中，列维－斯特劳斯用作指涉神话的对象是巴西波洛洛族印第安人，但他从一开始就发现波洛洛不适于用来指涉神话，也不值得对其进行这种研究；之所以将其作为研究的起点，是因为它是同一社会中所有其他相关神话的变形，并在这些神话中占据一个不规范的位置。此外，神话是没有统一性或绝对起源的，神话中的一切都是结构、构思或联结；神话本身是无中心的结构，所以它本身不会有绝对的主体或绝对的中心。与认识论话语相对立的是，关于神话的结构性话语，即神话话语，本身在形式上也必须是神话的，即它必须有它所讨论的那种东西的形式。列维－斯特劳斯本人也承认"这本关于神话的书本身也是一种神话"。这就意味着，列维－斯特劳斯从一开始就对自己的神话结构分析进行了解构的预设，在寻找中心的过程中解除了中心。

何以如此呢？这是因为神话本身是以次要语符为基础的，而提供语言本质的则是首要语符。这意味着，构成神话的语符并不提供语言的本质；更有甚者，这本关于神话的书又是以三级语符构成的尝试性作品，其目的是为了保证不同神话之间的互译性，因此，把这本书看作是神话本身，或关于神话的神话，并没有错。由于所讨论的话题已经不是原初内容，或者说已经与原初内容隔了两层（如柏拉图所理解的理式一样），所以，中心、主体和作者都已经不在目前的讨论之中了，它们都是缺席的。为此，德里达用管弦乐的隐喻来比喻：神话和音乐的共性在于，其真正的演奏者是沉默的听众。也就是说，当读者阅读神话的时候，神话的作者并不在场；当听众聆听音乐的时候，作曲家也不在场；当各种乐器配合而构成一曲整合的乐音时，单个音乐家的演奏也消失在集体演奏的结果之中了。于是，中心的消失导致了主体的消失和作者的消失（见巴特和福柯）。这就是列维－斯特劳斯所说的民族学中修补术的神话诗学功能；在引申或类比的意义上，哲学或认识论所要求的中心实际上不过是一个"神话"，或是一个历史幻觉。

这里，德里达提出的问题是：如果神话学就是类似于"知识型"的"神话型"，那么，关于神话的全部话语是否都是相同的？如果答案是肯定的，那么，我们用以区别神话话语之不同属性的认识论要求是否就可以弃之不用了呢？德里达认为这个问题无法回答。因为问题的症结在于，被列维－斯特劳斯（以及所有人文学的话语）认为是科学的话语实际上恰恰是经验的。而如果就这个问题继续深究下去，我们就会发现结构民族学话语中存在许多绝对矛盾的命题。一方面，结构主义声言是对经验主义的批判，但结构主义的每一项研究或每一本书又都并非不是经验主义的：结构的格式塔就是首先提出产生于有限信息的假设，然后再用经验的证据证实这些假设。这方面的例子可谓举不胜举。

　　《生食与熟食》的前言再次被引以为证。如果前述的假设在这里是双重的，那是因为关于语言的一种语言的问题，也就是后来人们所说的"元语言"的问题。据列维－斯特劳斯所说，神话就像言语一样，除非一个地区的人口已经灭绝，即不再生产神话或言语，否则就无法进行全面的总体研究。"总体性"有时被说成是"无用的"，有时被描述为"不可能"。德里达认为可以从两方面理解这种"无用性"或"不可能性"，而且，这两方面共存于列维－斯特劳斯的文本中。首先是从总体化（totalization）的角度看，即从经验的角度证明，要想掌握一个主题的全部内容是不可能的，因为它太多了，太丰富了。其次是从非总体化（nontotalization）的角度看，不再用有限性的概念来降低经验主义的地位，而用游戏（play）的概念。从这个角度出发，就不必把意义之总体化的不可能性归咎于意义的无限性，或某一特定研究或特定领域的有限性，而将其归咎于该领域的本质，即语言或语言的有限性排除了总体化，使总体化成为不可能，或者是恰恰由于语言的游戏性使总体化不可能，所以才导致语言的文学生产的无限可能性。换言之，语言的表达是有限的；个别领域的语言也无法表达这个领域的全部意义。由此本质而看到了语言的本质：语言并不是靠词与物的全部对应来表达世间事物的，而是靠词语的多义性、多用性、修辞性等来发挥多重作用的，这就是语言的游戏性。如此看来，语言的游戏就可以看作是语言的无限替代性，即增补性的运动，这是因为语言非但不是传统假设认为的不可穷尽的领域太大以至于不能全面覆盖的领域，而是从另一方面看到了语言的游戏性，而之所以游戏，是因为它缺少一件东西，那就是能使它稳定、能阻止无限替代并作为基础的中心的缺失。正是这个中心的缺失，或起源的缺失，导致了语言的游戏。那么，另一个问题又出现了，既然替代是语言的常态，那么缺失的中心是否能被替代呢？按德里达的说法，有缺失，就有增补。缺失的中心被替代（replacement），这叫增补运动（the movement of supplementarity）。是什么替代了中心？是符号。符号替代了中心，补充了中心，占据了缺席的中心的位置。在这个意义上，中心本来是没有的，是被增补上去的，附加上去的，是一个补充物（supplement），这个补充是一个双关语：提供所缺失的东西，也增补附加的东西。这是德里达用来解构传统语言学的最重要思想，也是从本篇文章扩展开来而应用到对传统语言学和社会科学的批判之中的。在他看来，这就是语义生成或意指的过程（signification）：符号取代了中心，增补了中心，推迟了真中心的出现，因而也推迟了意义的产生。这个符号总是被附加的，因为总是有更多的东西要参与进来，所以这个附加永远不是完整的，于是（完整的）概念所指的东西始终不会到来，于是就造成了能指的不断出现，不断流动，不断漂浮，因为它总是在补充一个缺失。列维－斯特劳斯本人也谈到"能指的过于丰富，就其所指涉的所指来说，能指过剩"。这是由语言的局限性导致的，也就是语言的一种有限性，即它缺失，所以必须增补，因为增补，所以过剩。

游戏的概念首先是在与历史的张力中显示的：在列维－斯特劳斯的著作中，是结构的结构性，或结构的内在起源，它压制了时间和历史，使得时间和历史无效。比如，一个新结构的出现，某一原始系统的出现，总是通过与过去的断裂完成的，这也是结构得以产生的条件。与过去的断裂就是与起源的断裂，与原始因的断裂。当你在谈论一个结构的特殊性或结构组织的时候，你不可能完全抛开过去，错过从一个结构到另一个结构的过渡，于是便把历史置入括弧之中了。

游戏的另一种显示是游戏与此在之间的张力。游戏本身就是对此在的颠覆。一个因素的现存必然是刻在一个差异系统内和一个运动链内的一个意指的和替代的因素，只有在它具有游戏的可能性时，我们才能考虑"作为此在的存在"或"作为缺席的存在"。如果缺席的起源不可能出现，那么，游戏就是双重的：一方面是卢梭式的否定性思维，悲戚、怀旧、愧疚；另一方面是尼采式的肯定性思维，肯定世界的游戏性，生成的纯真性，和一个没有谬误、没有真理、没有起源的世界，它的出现只是为了供人进行积极的阐释。

于是，德里达在结构、符号和游戏之后又附加了一个范畴：阐释。阐释分为两种：一种是诠释、破译。这种破译性的阐释是一种梦想，因为它要阐释的是真理或起源，而真理和起源总是逃避游戏，逃避符号的秩序，所以可以说，真理和起源总是作为逃亡者，总是在游戏之外，而恰恰因为如此才导致了阐释的必要性。

另一种阐释就是要肯定和证实语言的游戏性，超越人的本体和人本主义，超越人在全部历史进程中所梦想的完整存在、牢固的基础以及游戏的开始和结局。这是尼采式的阐释。它不像列维－斯特劳斯的民族学那样一味寻求"新人文主义的灵感"。

德里达指出，这两种阐释是绝对不可调和的，尽管它们共存于我们的生活之中。我们甚至无法选择。我们所能做的就是构想一个共同基础，即不可调和、不可简约的差异的延异（differancé）。1966 年，德里达捕捉到了当时刚刚受孕、坐胎、妊娠、出生，但却"尚未命名的"一个历史性问题，那个无物种的、无形的、无声的、刚刚出生的、有些可怕的东西，现在似乎已经清楚了，这就是从那时就已经开始的对人文学话语的解构。

5

德里达：

作为表现的再现[1]

　　继列维 – 斯特劳斯之后，德里达的结构对象是胡塞尔，而意欲打破的结构关系则是意义与再现之间的二元对立。

　　胡塞尔想要说明的是，表达和意义的纯粹功能不是交流、告示或展示，即不是要表明什么。交流需有对象，也就是与之交流的某人。"孤独的精神生活"显然指的是"隐修的生活"，佛家、道家或印度的隐修者，它们的目的在于修炼自我，释放自我，也就是认识自我，最终弃绝自我，而达到无我状态。这样的生活证明，没有指向的语言表达是可能的，因为孤独的隐修者并没有说话的对象，如果有的话，那便是他自己。但在胡塞尔所说的孤独的话语中，主体，说话的主体，不了解自身，不向自身展示什么。这显然不是指隐修者，因为隐修者的本质性工作就是要认识自我。

　　因此，胡塞尔把这种孤独话语的形式限定为：自言自语、独白、儿童玩耍时的自说自娱（thinking–aloud）。

---

〔1〕《柏拉图以来的批评理论》（第三版，下册），北京大学出版社，第1215—1220页，2006年。

胡塞尔的这一说明在现象学中发生了极大影响，而为了证明这一说法，胡塞尔提出两个论点：

1. 在这种内向型言语中，我不是与自己交流，不向自己表示什么；我可能充其量想象自己在与自己交流、向自己昭示；我只是将自己再现为正在向自己展示什么东西。因此，这只能算是再现和想象。

2. 之所以不是与自己交流，是因为没有这个必要；我只是假装这样做。精神活动的存在不必非得表示出来，因为主体在进行这种活动的当时就意识到它的在场。而这个存在又只是精神存在，不是一个存在过的或现存的客体，或实体，只有客体或实体才能表示或呈现出来。

关于这一精神现象的这些论断都涉及语言中表现的地位问题。那么，什么是再现？再现（Vorstellung）包括表征（Reprasentation）、表征物（Reprasentant：携带所呈现之物者）和表征性（Representative）三个因素。再现（Vorstellung），从定义上说，就是对所呈现之物、所表现之物的重复或再生产；再现改变呈现或表现，并替代另一个再现（包括其表征、表征者和表征性）。再现的替代链条就仿佛能指链，一个能指替代另一个能指，后一个总是不同于前一个。因此，这种重复是差异性重复，而不是机械性复制。

胡塞尔的第一个论断：独白中没有交往；人作为言说和交往的主体在独白中只是再现自我、表征自我、替代自我，而不是与对象的沟通，因此独白中的交流不是交往。或者说只是被再现的、想象的交往。如果承认现实与现实在语言中的再现/表征不是一回事儿，那么，真正的交往就必然是指称性的，指向外部世界中实际存在的人或物，"一种简单的外在性"。而作为纯粹再现的内向性语言（与外在性相对立）则是一种虚构，一种特殊形式的再现，也就是被胡塞尔定义为使语言无效的再现，一种想象的再现。（之所以无效，是因为这种再现不是指向外部对象，因此不具有交往意义）。

德里达在此提出一个问题：胡塞尔做出的这一区别能否应用于语言？

要回答这个问题，我们必须假定，再现对于交往来说既不是本质的因素，也不是构成性因素。也就是说，再现不是有效的交往实践，而只是话语实践中出现的偶然现象。在语言中，有效的实践是交流，是再现与现实相加的结果，我们所说的一般的语言就是二者的相加，而且不仅仅是在某处的相加，不可能把二者严格区别甚至分离开来，就这一事实而言，这就是一般的语言，或这就是语言。

　　胡塞尔本人为这个相反的意见提供了动机。当我们有效地使用词语的时候，不管是否出于交往的目的，我们都必须从一开始就使用一个重复的结构，其基本因素都必须是再现性的。如果一个事件是不可替换的、无法逆转的特殊经验的话，那么，符号就绝不是事件。只出现过一次的符号也绝不是符号。只为某一特殊用途而使用过一次的符号不会成为一个符号。只有经过多次尝试和使用而被接受为普遍用法的符号才是真正的符号。一般说来，一个能指应该具有多样的经验特性，受到过这些特性的修正，但仍然是可识别的，仍然是相同的，这样，才能按相同的样子重复，尽管经验中的事件会改变它的状貌。一个音素或一个字素（如一个字母）每次在不同的词或不同的认知活动中出现的时候，都必然发生某种程度的变化，即与不同的音或不同的字母组合而产生不同的意义，但只要它的形式没有发生变化，仍然是可识别的，能够再次使用，那它就是一个符号。于是，相同的形式也就成了理想（ideality）的形式。如此重复出现的音素或字素就必然暗示着再现性的存在：作为 Vorstellung（再现），它就是理想出现的地点；作为当下实存（Vergegenwärtigung），它就有生产性重复的可能；因此也作为"表征"（Repräsentation），因为对于所指和能指的理想形式而言，每一次意指事件都是一次替代。于是，我们可以说这种再现性结构就是意指本身，就是意义产生的过程，而有效的话语实践就必然从一开始就是无限制的再现。

　　一个可能的反对意见是：胡塞尔通过自言自语现象的假设所要提出来的恰恰是表达的这种再现性，即在抛弃交往和指称之外壳的同时保留言语的本质。另一个可能的反对意见是，德里达恰恰是借用胡塞尔的概念提出问题的。

德里达对此毫不隐讳。但区别在于：在胡塞尔的描述中，再现（Vorstellung）的体系中只有表达而没有一般的能指。而德里达则把能指及其其他的再现性变体纳入讨论之中，认为任何符号都暗含着能指及其变体。更重要的是，一旦承认言语本质上属于再现体系，那么，"有效交往"的言语和再现的言语之间的区别就出现了疑点，不管言语是为了纯粹的表达还是为了纯粹的交往。由于一般符号的重复结构，"有效交往"的语言完全可能像想象性言语那样具有想象性，而想象性言语又与有效言语一样有效。一旦开始表达和进行指称性的交往，现实与再现、可证实的东西与想象的东西、此在与其重复之间的差异就即刻开始消逝。

德里达就此问道：西方形而上学史和胡塞尔本人不是始终在保留这一差异，以便满足要拯救此在，减弱符号或使符号成为派生物，进而减弱重复的全部力量吗？这种差异就存活在有效的交往之中，是重复与再现所取得的既成效果，去除了此在的那种差异性效果。如果说，在符号之中，现实与再现之间并不存在差异，那就等于说，证实差异存在的举动就是要抹除符号。

有两种消除符号之原始性即符号之重复结构的方法，但这两种方法极不稳定，很快就会相互包容。一种是古典的方法，即把符号变成派生物，这是直觉和此在哲学采用的方法，即把符号视为对某一简单存在物的修正（modification），而消灭了再生产和再现。然而，符号的概念又恰恰是在这种哲学，即西方哲学和西方历史中得以构成和确立的，符号概念的整个历史和意义都属于此在形而上学。再现、重复、差异等概念，以及它们所构成的体系，也属于这个形而上学传统。德里达预言，在当时（20世纪70年代）及其后的某段时间里，这种事态将从内部作用于形而上学的语言，解决那种语言内部的某个问题。毫无疑问，这项工作已经开始。我们需要在形而上学宣布关闭的时候知道在那种语言内部都发生了什么。

实存与再现（Vorstellung）中的存在之间存有差异，因此这种解构涉及语言中的所有差异：被再现物与再现物之间，能指与所指之间，纯粹存在与其再生产之间，作为再现（Vorstellung）的表现与作为表征（Vergegenwartigung）的再现（Re-presentation）之间，都存有差异。在再现中被再现的东西实际上也是作为再现（Vorstellung）的表现（Prasentation）（德里达似乎在说，其实表现和再现之间并没有本质的区别，因为它们是互为表征的）。于是，与胡塞尔的意图相反，德里达使再现本身（Vorstellung）取决于表征（Vergegenwartigung）的可能性。当下的此在派生于重复，而不是相反。这与胡塞尔的意图相悖，但却考虑到了他在关于时间运动的描述中所暗示的内容，以及与他者（对象）的关系。

在德里达看来，这个问题的核心在于"理想"（ideality）这个概念。胡塞尔认为言语结构只能根据"理想"来描述。前述重复出现的音素或字素的时候，谈到这种再现或表现（Vorstellung）是观念的场所，而观念也就是音素或字素的同一形式。这里，德里达解释说，能指的感知形式具有理想性，即词必须是相同的，而且只能是相同的才能成为理想的。所指或所要表达的意思（intended sense）也有理想，而所指或所要表达的意思不是意图性行为也不是所指的对象，因为后二者不必非得是理想的。最后，在某些情况下，对象本身也具有理想性，这就是保证语言的透明性和完美的单义性，如在精确的科学研究中或在法律话语中。如此说来，这种理想就是语言的理想形式或理想状态，意义的永恒同一性及其重复的可能性，即永远重复其相同意义的词。德里达认为这种理想形式在这个世界上并不存在，也不会来自另一个世界，而完全取决于重复的可能性。它由这种可能性构成；它的"存在"与重复的力量成正比，也就是说，绝对的理想形式取决于是否可能进行无限的重复。因此可以说，在胡塞尔那里，存在是由理想形式决定的，而理想形式的关键是重复，因此，存在也是由重复决定的。

在胡塞尔看来，历史进步的本质形式始终是理想形式的建构，这种建构不断地重复，因而形成传统，而且，传统和建构是永无止境的，它们就是起源的传承和重新启动。把存在确定为理想形式是一种正当评价，是一种具有

伦理意义的理论活动，这回到了柏拉图哲学的根基上来，即把本体视为本质
（onto on as eidos）的一种哲学。

从阐释的角度来看，把存在作为理想形式的决定与把存在作为此在的决
定是相悖的。纯粹的理想形式始终是一个理想对象的形式，它就在重复的行
为面前，也就是说，始终等待着重复，再现 / 表现是与观景 / 景观相类似的
一种普遍的此在形式。但决定"活的当下"之最初基础的则是现时性，即作
为原点的现在，它能够保证理想的无限重复。德里达在此又提出两个问题：
现象学的"原理之原理"是什么意思？把原始直观感觉的价值作为意义和数
据的源出，作为先验的先验，这是什么意思？首先，它指的是本身既是理想
的又是绝对的确定性，一切经验、进而一切生命的普遍形式过去始终是、将
来也始终是当下的。只有当下才存在，将来也如此。存在就是此在，或是对
此在的修正。作为存在之终极形式的当下的此在与理想形式的此在的关系就
是越界，即对经验生存、事实性、偶然性、世俗性等的超越，首先是对"我"
自己的经验生存、事实性、偶然性、世俗性的超越。把当下看作是超验生活
的普遍形式就等于达到这样一种认识：在我的缺场之中、超越我的经验生存、
在我出生之前并在我死后，此在才存在。我可以倒空所有经验内容，想象把
每一个可能的经验的内容彻底推翻，并彻底地改变这个世界。我奇怪地感到
此在的这种普遍形式由于与确定的存在无关，因此将不会受到这种存在的影
响。于是，在把存在当作此在、当作理想形式和绝对的重复可能性的这种决
定中隐含地关系到我的死亡，也就是我的普遍消失。符号就是在这种与死亡
的关系中成为可能的。形而上学中对符号的确定和消除就是掩饰这种与死亡
的关系，但却产生了意指活动，导致了意义的产生。

如果"我"的普遍消失这个可能性必须以某种方式付诸经验，这样才能
与普遍的此在建立关系，那么，我们就不再说"我"的绝对消失，即"我"
的死亡的经验不再对"我"发生影响，因此也不会发生在一个"我在"（I
am）之中（我死我不在），更不会改变一个主体。"我在"只能通过一个"我

在场"来体验，它本身就预设了与普遍此在的一种关系，即与作为此在的存在的一种关系。"我在"中的"我"向自身的显现原本就与其自身可能的消失具有某种关系。因此，"我在"原本的意思是"我是必死的"。"我不朽"这句话是一个不可能的命题。我们甚至可以走得更远：作为一个语言陈述，"I am he who am"（"我就是存在的他"）就是承认一种死亡。从"我在"到"我"作为"思维之物"（res cogitans）因而也就成就了不朽之物这一运动，借助这一运动，此在与理想形式的源起就被隐藏在它所促成的此在与理想形式之中了。

符号的抹除或派生就这样与想象的还原混淆了。胡塞尔对待传统的态度在这里是含混的。毫无疑问，胡塞尔重新提出了想象的问题，在他看来，想象不仅仅是一种能力；他不断强调指出，形象不是哲学命题，不是记忆，而是一种"压制性"再现。尽管如此，在现象学的具体实践中，形象和记忆都被归在"表征"（Vergegenwartigung）的概念之下，即对一个此在的再生产，尽管其产品是一个纯粹的虚构客体。按此理解，想象就不是简单的"压制性修正"，即便它的确具有压制性。其压制性操作改变了一种位置性再现，而这就是记忆。结果，即便形象有助于现象的压制，但它并不是纯粹的压制。它保留了对原始表征的原初指涉，即对一种生存感知、定位乃至一种信仰的原初指涉。

正因如此，胡塞尔才认为通过压制达到的纯粹的理想形式不是虚构的，而这个说法始终被用于与大卫·休谟的论战中，也正因如此，胡塞尔对大卫·休谟的思想也越来越感兴趣。向理想形式敞开的纯粹重复的力量，以及把经验感知的想象性生产解放出来，这二者就不是矛盾的了，他们的产品也不是矛盾的了。

在这方面，胡塞尔在第一调查中也不仅仅有一处矛盾：

1. 从一开始就把表达视为想象性的再现（Phantasievorstelung）。

2. 想象性再现这一虚构在内部解除了交往话语中自言自语现象的"非

有效性"，并称之为"虚构"，于是可以认为"孤独的精神生活"中的纯粹表达和非交往性话语实际上是有效的。

3. 同样，可以假设，在交往中，同样的词，同样的核心表达是要发挥作用的，因此，纯理想形式是不可或缺的；因此可以把虚构与效用、理想与真实严格区分开来。因此也可以假设，有效性对于表达来说是经验的、外在的，像身体之于灵魂。这些实际上是胡塞尔使用的观念，即便在强调身体与灵魂的统一时亦然，因为身体和灵魂的统一并不破坏本质的区别，它本来就是一种合成的统一。

4. 在纯粹的内部"再现"中，在"孤独的精神生活"中，有些言语能够发挥实际效用，成为有效的代言，即表现性语言，具有纯粹客观的、理论逻辑的语言；而另一些言语则是纯虚构的，即在自我与自我之间、在被当作他者的自我与被当作自我的自我之间发生的指称性交流。

然而，一旦承认每一个符号，不管是什么，原本都是一个重复性结构，那么，符号的虚构用法与实际效用之间的区别就受到了威胁。符号本来就是虚构的；因此，无论是指称性交流还是表现性表达，都没有确定的标准把外部语言与内部语言区别开来，即使在内部语言的假设中，也不可能把效用语言与虚构语言区别开来。而这种区别又是胡塞尔在证明指称外在表达时所必不可少的。这是全部问题之所在，并在现象学中造成了可怕的后果。

上述关于符号的批判也可以用来批判言说主体的行为。胡塞尔认为，就交往的真正意义而言，上述自言自语现象中根本没有言说，也没有交流（我不与我自己交流），我只是认为我自己在说话、在交流。

德里达认为胡塞尔在言说主体的有效交往与自我再现之间设定了一个差异，以至于自我的再现只能附加于交往的行为，而且只能是在偶然情况下从外部附加。但是，根据上述关于符号的讨论，控制一切意指行为的必定是原初的重复结构。主体在言说时不可能不向自己再现他的言说，而这绝不是偶然的。我们不可能不把有效言说想象成主体的自我再现，也不可能不把言说的再现想象成有效言说。这个再现毫无疑问经过了改变，变得复杂了，反映了语言学家、符号学家、心理学家、文学和艺术理论家甚至哲学家所研究的那些原始模式。这些都是基本模式，但都说明言说和言说的再现从来就是一个整体。言说再现自身。言说就是再现。言说就是对自身的再现。

　　其原理是：言说不是无意识的结果，而是意识的结果。意识是现实生活、过往生活和经验的自我再现。我们说话的时候，语言与其再现一起附加于朴素的意识之上，而这种意识又是朴素地呈现给自身，呈现给能够反映自身在沉默中参与的经验。如果说精神活动不必非得通过指称的中介充实内容，那是因为我们就生活于其中，我们正经历着它的活动，就好比眨眼与看是不可分割的一样。

6

巴　特：

从作者到读者[1]

　　巴尔扎克的《萨拉辛》描写一个装扮成女人的阉人的故事。作者写道："这是女人自己，她那突发的恐惧，她那非理性的空想，她那本能的忧虑，她那冒失的大胆，她的大惊小怪，她那怡人的感性。"

　　罗兰·巴特问道：这番话是谁说的？是始终不知道这个女人实际上是阉人的故事的主人公说的吗？是满腹女人经的巴尔扎克其人说的吗？是借助文学表达关于女性观念的作家巴尔扎克说的吗？这是普世智慧，还是浪漫的心理学？

　　答案是：我们从不会知道。为什么呢？一个充分的理由是：写作就是毁灭声音。在写作中，每一个声音，每一个原点，都要被毁灭（见德里达对起源和主体的解构）。写作是一个不确定的、合成的、间接的空间（见布朗肖的《文学空间》），主体从那里溜走，一切身份都从那里消失，只有在主题彻底消失时，身体写

─────────────

〔1〕《柏拉图以来的批评理论》（第三版，下册），北京大学出版社，2006年，第 1256—1258 页。

作才刚刚开始。[1]

写作始终如此。一个事实一旦被叙述，就不再与现实直接相关而只具有一种非及物性了，即在终于摆脱了功能而只是书写记号（symbol）本身的实践之时，写作才开始。也就是说，只有当被叙述的事实脱离了现实世界，声音失去了原点，作者进入了自己设计的死亡状态，写作才真正开始。

这种现象在不同的社会中有不同的表现。在"民族社会"（ethnographic society）中，也就是在西方人眼中除西方以外的不发达社会中，用来描写其社会文化的文学艺术是一种社会实践或惯习。其最早的传统应该是口头传说，即以不同的真实性传递下来的关于社会世界的故事。到了相对现代的时期，讲述这种故事的任务就落在了作家、学者、作者和旅行者的头上：常常是一种温文儒雅或伶牙俐齿地讲述别人生活故事的职业，比如中世纪的乔叟、文艺复兴时期的但丁、英国近现代的菲尔丁、斯威夫特、狄更斯、奥斯丁、奥威尔，法国的巴尔扎克以及意大利的安伯托·艾柯，他们都创造了关于他们生活于其中的世界的描述性故事。

在现代世界，出现了一种新的职业者，即民族志研究者（ethnographer），他们试图通过科学来公正客观地描述一种文化，马林诺乌斯基、玛格丽特·米德和威廉·怀特都属于这个领域。

20世纪末，民族志研究开始转向，甚至有回归到"民俗"之根研究的趋势，因此离开学术的形式主义而进入民众的通俗话语之中，不仅限于科学的玉宇穹窿和历史书籍，而遍布各个领域：电影、摄影、杂志、刊物、电视、音乐、舞蹈、视听材料、电脑和网络。同时也出现了许多新的名称：纪录片、文献剧、新小说、虚实结合的电影、自传民族志、视听日记、拉普、表演艺术、照相新闻等，当然还有电视采访、展示社会问题的活报剧、极其接近日常生活的肥皂剧。如果有作家称这个晚期现代世界为采访社会，而另一个则称其

---

[1] 这里的身体写作有别于国内所说的"只用体验和感受写作"的那种女性写作。

为电影社会，那么，也可以合理地称其为民族志社会。

但巴特所说的"民族志社会"显然指的是古代部落社会，那时的故事是由中介者讲述的，如萨满教僧，他们通过各种巫术手段讲述很奇妙的故事，但都缺乏才气。只是到了现代时期，讲故事才以写作的形式出现，为一些有才气的作者之所为，于是，原本没有明确作者的故事也便与其写作者紧密关联起来。

作者是现代的产物，是现代社会培育出来的一种职业人才。现代社会开始于中世纪，经过文艺复兴、英国经验主义、法国理性主义以及宗教改良运动的洗礼，作者们发现了这种职业给个人带来的声誉，使其成为了"具有人性的人"（human person）。因此，在文学中，这种"具有人性的人"就逻辑成了实证主义者，客观而浓缩地表现了资产阶级的意识形态，并把作者的"人格"抬到极其重要的地位。在文学史、传记、访谈、杂志中，文人们都渴望通过日记和回忆录将其人与其作品紧密地联系起来。文学在普通文化中的形象显然千篇一律地以作者为中心，包括其人、其生平、其爱好、其激情。人们总是把人与作品联系起来：波德莱尔的作品描写波德莱尔其人的失败；梵高的作品反映这个画家的疯狂；而柴可夫斯基的音乐则由他的罪恶（同性恋）所致。于是，对作品的解释总是要通过生产作品的人，因为有其人才有其作品，人决定作品。作家的声音要通过或多或少虚构的寓言来表达；作者通过这样的寓言向读者敞开心扉。也就是说，作品总是被当作作者个人的声音（作家是作品的生产者）。

作者就这样扩大了影响，增大了力度，法国"新批评"（包括结构主义、主题研究、现象学批评、社会学批评、马克思主义批评以及精神分析学批评）更是加固了作者的地位。但在另一方面，总是有人试图动摇作者的地位。有些作家（writers）试图抹掉作者（author）的名字，用语言取代总是以为自己是语言之主人的人（author）。

马拉美第一个看到并完整地预见到了用语言替代此前始终自以为是语言

之主人的人的必要性。在他看来，言说的是语言，而不是作者（拉康：不是我们在讲语言，而是语言在讲我们）。写作就是通过作为先决条件的非个人化（艾略特），认识到只有语言在"行动"、在"表演"，而不是作为作者的"我"。但这绝不是现实主义小说家所强调的那种不加任何修饰的客观性。马拉美的整个诗学就是压制作家、高扬写作、进而恢复作者的地位。

保罗·瓦雷里强调写作活动中语言的作用和危险性，突出文学的词语条件（verbal condition），并由于对古典主义的强烈兴趣而转向修辞学。又由于他对一种自我心理的深入研究。他认为完全依赖作家的内心活动来解释文学纯粹是一种迷信。

塞缪尔·普鲁斯特是以心理分析著称的小说家，致力于模糊作家与人物之间的界限，通过极度细化二者之间的关系，而把叙述者刻画成不是曾经对故事及其人物感同身受的人，甚或不是正在写作的作家，而是"将要写作的人"。《追忆逝水年华》中的年轻人渴望写作，成为作家，但始终未能成功，而当写作终于成为可能的时候，小说结束了。这意味着普鲁斯特并不是像人们常常以为的那样把他的生活写入小说，而是把自己的小说当作生活模式去践行，因此作品本身成了生活，或者说写作本身就是生活。

超现实主义虽然没有把语言抬高到至高的地位，但作为一场运动，它本身致力于拖延语符，使写作的速度快于大脑思考的速度，致使对意义的期待不断遭到破坏，促成了一种自动写作，不但降低了作者的高大形象，而且挫败了读者对语言或意义的期待。

语言学研究成果表明，发声（enunciation）是一个空洞的过程，没有必要让作为对话者的人参与进来。从语言学的角度看，作者不过是"瞬间写作"，即"我"不过是说"我"的那个瞬间；"我"在我说"我"的那个瞬间存在，一旦这个瞬间过去，"我"便不复存在。语言中只有主语，没有这个作为主语的"人"；这个主语受发声的限制，一旦落在发声之外，它（"我"）就是空壳，但却能把语言"聚拢"起来，也能穷尽语言。

伯托尔特·布莱希特的"间离"理论也把作者置于文学舞台的另一端，他提出的史诗剧意在间离观众与舞台，使之产生幻觉，产生亲临其境、参与舞台表演的感觉，因此也远离了作者、导演甚或演员。

过去，人们一般以为作者在作品之中，总是自己作品的过去。于是，书和作者就被自动分成了一个"以前"和一个"以后"。作者在书之前存在，因此生产了书，哺育了书；他为书而存在、而生存、而思考；他与书的关系就是父与子的关系。现在的情形则完全相反。现在，作者变成了抄写者（scriptor）；他与文本（不是作品，不是书）同时诞生，因此，他与作品（书）不是父子关系。因此，每一次发声，每一个文本，都是在此时此地（说话的时候或书被阅读的时候）写成的。写作已经不再是记录、标记、再现、描述；写作已经成为牛津哲学学派（J. L. 奥斯丁）所说的一种述行，一种只用于第一人称和只用现在时的罕见的语言形式，其发声的内容只能是它当时所说的那个行为，就好比会议主席说"我宣布开会"然后便开始开会，或像古代诗人说"我唱"然后便开始唱诗一样。

现代抄写者不再相信手慢于思想或情感；手（写）与声音隔绝开来；写只是纯粹描摹的动作，而不是表达；是在追溯一个没有起源的领域，除了语言而别无其他的领域，不断质疑一切起源的语言（参见德里达关于能指和意义延异的观点）。

那么，这里提到的"文本"（text）是什么？文本不是释放单一意义的一行文字，不是作者－上帝所传达的"信息"，也不是摆放在图书馆书架上的书。文本是一个多维度的空间，一个由引文构成的组织，这些引文源自无数的文化中心。作家只能模仿一个先前的动作，而永远不能创新（参见德里达前述的重复、差异性的重复）。他唯一的能力就是把以前的写作混合起来，用一些作品抵制另一些作品，或使许多作品相遇，因此从不停留在某一个作品之上。如果他想要表达自己的思想或情感，他至少应该知道，他以为可以"转译"的内在的东西本身不过是一本现成的字典，字典里的词只能用其他词来解释。抄写者替代了作者（author）。他不再有激情、幽默、感觉和印象，而只有这部字典，由此而抄写那永不停止的一种文字：生活不过是模仿那本书，而那本书本身仅仅是由符号构成的一个组织，一种丢失的、被无限延宕的模仿。作者便被从写作中移除了。

作者一旦被移除，要破译文本的主张就是一句空话了。把一个文本归于一个作者就是给那个文本强加了限制，给它添加了一个终极所指，因而也关闭了写作。这种观点也适用于批评。批评家给自己分配了一个发现作者的重要任务，或者在作品中寻找内设的前提：社会、历史、心理、自由等，一旦找到了，文本也就得到解释了，这是批评家的胜利。正因如此，历史上作者的统治也就是批评家的统治。也正因如此，今天的批评也随着作者的消失而遭到了破坏。在多元写作中，没有什么需要破译的；一切都只需要打开；每一点、每一个层面的结都需要解开，但它下面没有任何东西（无深度写作）；写作的空间是可以安排的，但无须刺透；写作不断地设置意义，而意义无休止地蒸发，结果是意义的系统被免除。这就是文学或写作的运作方式：拒绝给文本分派一个"秘密"或终极意义，也拒绝给作为文本的世界分派一个"秘密"或终极意义，而开展一种反神学的活动，甚或是一场反哲学的运动。因为拒绝固定意义是一种真正具有革命性的活动，而拒绝固定意义就是拒绝绝对意义，拒绝上帝及其类似的预设：理性、科学和法律。

现在回答巴尔扎克的问题："谁会这样说话呢？"问题本身就是回答：意思是没有人会这样说话。其起源、其声音都不是写作的真正场所，而是阅读的场所。于是，把话题从写作转向了阅读。希腊悲剧：文本中有许多双关语，但剧中人只能理解单一的意思（这种永恒的误解恰恰是悲剧之所在）；然而，能够真正理解其双关意思的则是读者或听者——受众。这就是写作的全部：文本源自多种文化，具有多重意思，进入多种相互关系之中（对话、戏仿、争斗），但能聚焦这种多元性的唯一地方就是阅读：写作中只有读者，而没有作者；或者说，真正从事写作的人是读者，而不是作者。读者是一个空间，其中，构成写作的所有引文都一字不漏地被铭刻在那里，这意味着文本的统一性不在其起源（作者或写作），而在其目的地（读者或阅读）。而这个目的地却不再是个人的了：读者是没有历史、传记和心理的读者；他是在一个单一领域里把所有踪迹汇集起来并将其构成文本的人。经典批评从来不注意读者；作家是文学中唯一的存在者。而它所搁置一旁不予理睬的读者才是能给写作以来世的人。读者的诞生标志着作者的死亡，但又恰恰是读者给作者以来世！

7

福　柯：

从作者到作者功能[1]

　　福柯从他自己的《词与物》（The Order of Things）入手，这是一部很难界定其身份的著作（就如他本人的身份也很难界定一样：历史学家、哲学家、社会学家、民族志学者，还是仅仅一般意义上的作者）。他用"自然史"替代法国自然学家乔治－路易·布封（Georges-Luise Buffon），用"财富分析"替代另一个法国自然学家乔治·居维叶（Gorge Cuvier），用"政治经济"代替英国经济学家大卫·李嘉图（David Ricardo）。用名词代替一个人，或用一个概念代替发明这个概念或与这个概念有关的人。福柯究竟想做什么？福柯想要做的是"找到构成一些概念及其在著作中之理论关系的规律"，而不是作者及其陈述或其隐义的再生产，即一般的阐释和批评，因此他模糊地使用了这些名字和所有其他名字。通过把布封和林奈（瑞典植物学家），居维叶和达尔文等各不相关的名字放在一起，他忽视了"那些最显而易见的

---

〔1〕《柏拉图以来的批评理论》（第三版，下册），北京大学出版社，2006年，第1260—1268页。

家族关系和血缘关系。他无意去建立这些家族关系，而是要确定特殊话语实践的功能条件"。

那么，为什么不彻底避开这些名字呢？为什么不直接描述这些名字是如何使用的呢？这些问题将在下一部著作《知识考古学》中得到回答。但也恰恰是这些问题促使他费一番周折去坐实"自然史"和"政治经济"等广为应用的话语单位。但是，作为观念史、知识史、文学史、哲学史或科学史的一个特殊的个性化时刻，对有关"作者"的问题却需有一个直接的回答，而对于概念、文类和哲学分支的种种关怀则似乎显得相对薄弱。但在本文中，福柯并未对"作者"个体进行社会历史分析，而只就作者与文本之间的独特关系进行了探讨，不是说作者与其自己的文本构成了直接紧密的关系，而认为作者外在于文本、先于文本而存在。于是，问题就出现了：这个外在于文本、先于文本而存在的人（如果不是作者的话），究竟是谁？

福柯引用了贝克特提出的一个问题，来回答这个问题："谁在说话这重要吗？"（参考巴尔扎克的问话：谁会这样说话呢？）

对主体／主语的这种轻视甚至无视表明了当代写作的两个根本原则，也就是福柯用以展示当代写作之内在规则和现行实践的两个主题：

一、当代写作已经从表达的必要性中解脱了出来。当代写作只是自反性的（self-referential），但不仅限于内部，也指向外部布局：写作成为各个符号的相互游戏，与其说由它所意指的内容来决定，不如说由能指的性质所决定，即更多地由形式而非由内容来决定。写作就像是一场游戏，必然超越自己的规则，最终抛弃规则。作家的情感和语言中的主体（说话的人或句子的主语）都已经不重要了。重要的是创造一个开端，之后写作的主体便永久地消失了，之后，写作将自动进行下去。

二、第二个主题是写作与死亡之间的亲缘性，这表现在：

1. 古希腊叙事中的英雄及其不死性；

2. 《天方夜谭》中，山鲁佐德之所以讲故事（即从事一种写作），是为了保护生命，即为了保证不死而采取的策略；

3. 当代写作已经与牺牲联系起来，即生命自身的牺牲；自愿地抹除自我；这不需要再现，而只需要作家（福楼拜、普鲁斯特和卡夫卡）的日常生活和经历，这些生活或经历成了写作自身，因而杀死了作者，导致作家个性的彻底消失。作家在自我与写作之间的那些对峙和莫名其妙的表达淹没了作者的个性及其用以表达这些个性的符号，导致了作者的移位。作者的这种移位进而引起两种变化：

第一种变化：就一部"作品"而言，这涉及：

（1）"作品"这个术语都包括哪些内容？

（2）如果作品不是被称为作者的一个人所写的东西，那它应该是什么？又应该包括哪些内容？

（3）当一个人被尊为作者之前，他／她所写的东西是什么（如萨德的文章）？

（4）假设有作者存在，那么作者所写、所言的一切就都可以包括在他／她的作品之中吗？

所有这些问题都需要在理论上加以回答，而事实上又恰恰缺乏一种可用的理论。如果我们简单地抹除作者的一切，包括他的个性和他作为作者的地位，而不完整地回答这些问题，就简单地说作者已经死了，那么我们就没有成功，或者说完全失败了。这里我们看到福柯对巴特"作者之死"一文的批评。

第二种变化：德里达的书写概念：

书写（écriture）避开了使作者的消失成为可能的一切特殊事件，但没有宣布作者的死亡。这个概念关注的既不是写作的行动，也不是给作者的任何标示，而是要细化任何文本得以存在的条件，包括其空间传播的条件，和时间布局的条件。这被认为是文本得以生存的两条策略。借此，文本可以把作者的经验特性转变为一种超验的无名，作者经验活动的可见符号于是也被涂抹了，致使其特殊的宗教和批评模式得以相互作用。

作为读者，我们必须继续提出问题：这些术语，即超验的无名和宗教及批评模式究竟指的是什么？福柯提出的是一系列假设：

首先：给写作设立一个原初地位（primordial status）就等于说写作是一种宗教活动，给了它一个神圣的起源，而说写作具有创造性也就等于肯定它有一个创造者，与神学中创造世界的上帝毫无二致。

第二，说写作必然服从于忘却和压抑，这可能暗示写作不可能呈现全部历史，必然忘却或压抑某些历史，于是，我们必须历史化，也就是挖掘被忘却或被压抑的历史，探讨其隐藏的意义，假设其隐含的意指，表明其沉默的目的，澄明其模糊的内容，所有这些都需要阐释和评论，于是又回到了传统或现代文学批评和文学理论的窠臼。

第三，认为写作消失或缺席，这意味着写作有个传统，现在它从这个传统中消失了；同样，说作者死了，就等于说作者留下了作品，意味着作品仍然存在着，我们还能够读作品，努力解开作者与作品之间的谜，而这无异于说作者仍然活着，而不能简单地说作者死了。

第四，如果把作者当作拿再现当游戏的一个人，那么，这种游戏就不仅仅限于写作的领域，也存在于包含一切事物的灰色中间地带。如上述三方面所展示的，作者的确消失了，但实际上却滞留在某个超验领域，仿佛在天国的上帝，所以有必要把两种人分开：一种人相信作者消失的现状，并认为这是 19 世纪历史和超验传统的延续；另一种人认为我们必须一劳永逸地摆脱作者之死的概念框架。

至此，福柯已经就作者之死的问题提问完毕。总的印象是，他并不相信作者死了那一套。作者没有死，而是被放在了某处，在超验的空间里，在灰色的中间地带，或在 19 世纪传统的持续之中。

由此，福柯开始了自己的论证。

福柯宣布，他不会重复关于上帝、人和作者之死的口号，而是要做下列工作：

1. 重新检验作者消失之后留下的空间；

2. 对这个空间进行重新划分和分配；

3. 等待作者消失后释放的流动功能。

为完成这些工作，福柯首先提出并回答了下列问题：

什么是作者之名？它如何作用？

1. 作为专有名词的作者之名：

a. 标识或指称：占有其名的人，如名叫亚里士多德的亚里士多德；

b. 描述：《诗学》的作者，作为分析哲学和本体论创始人的亚里士多德；

c. 游移于指称与描述的两极之间：与标有其名的书或著作相关，但完全取决于描述或指称。恰恰是在这里，福柯发现了需要澄清的几点问题：专有名词与其人之间的联系（亚里士多德其名与亚里士多德其人）；作者之名与其著作之间的联系（亚里士多德与《诗学》）。这两种联系不是同形的（isomorphous），并非以相同的方式发生作用，因此需要澄清。

作者之名的作用不同于专有名词（不同于普通名词，指特定的和独一无二的人或物）的作用，其差异可见于下列例子：

a. 确切地说，作者之名不是专有名词（区别于指称亚里士多德之人的"亚里士多德"）；

b. 作者之名不简单地是词类的组成部分（也不是可用作主语、补语的其他词类）；

c. 作者之名是澄清性工具（功能）：

（a）把一些文本聚集在一人名下（用来澄清作品归属）；

（b）确定文本间的不同关系形式（作品创作的时间、地点、变化）。

d. 作者之名标志着话语存在的特殊方式，话语于中得以流通的文化决定因素和调节话语的地位和接受方式（不是所有作家的名字都与某种话语相关）。

总言之，作者之名：

1. 不同于专有名词，作者之名依然在文本的外围，把一个文本与另一个文本分离开来，限定其形式，标识其特殊的存在模式。

2. 作者之名不发挥公民地位的功能 [作者与公民（作家其人）之差]，也不是虚构的。它位于突破口，在断裂之间（创新），即保有自己的独特模式，同时又可能导致新话语的产生。

3. 作者之名伴随一些文本而排斥另一些文本，作者的功能就是要标识一个社会内部某些话语的存在、流通和作用。作者不是作家。

这是说，作者不是通常意义上的作家，而代表某种话语的原出和存在，标识这种话语的发展，并发挥这种话语的功能。如果这样，那么，就势必要分清有作者的书和没有作者（但有作家）的书。有作者的书具有四个特征：

1. 有作者的书是私人财产，是可被挪用的物品。作为私人财产，这些书有真人的签名，不允许被随便挪用（挪用就是违法）。在这种情况下，控制挪用的法典比其作为私人财产的地位更加重要。话语本不是物；不是产品或占有物，而是一种行为或姿态（态度），也就是说，在神圣与世俗、合法与非法、敬神与渎神的激烈的两极斗争中，必须要采取一种立场。其讽刺意味在于这样一个事实，带有作者之名的书是在 18 世纪末和 19 世纪初随着版权和所有权的确立而称为私有财产的，也恰恰是在这个时候，文学具有了强烈的违法冲动，违法（重复性写作？侵犯版权？故事挪用？或违反道德、抨击时政？）进而成为文学的诸多特征之一。于是，作者就既作为书的所有者而拥有财产权，又作为作者而承担违法的危险，因为写作行为本身存在违法性。

2. 作者功能并不是普遍的。甚至同一种类型的文本也不总是有明确的作者：口传文学就是一例。在中世纪，科学话语要求有作者的名字，因为没有作者的名字的书就可能被认为不是真的（科学发明和发现的真实性）。名字可以证明真伪。但到了 18 世纪和 19 世纪，需要用作者的名字证明作品之真伪的时候，科学话语的真伪却不再要求援指发明这些话语的个体了（科学研究成为一项集体的事业）。作者或发明者的名字成了一个索引，用以证明一条定理的真实性，或表示某种说法的源出，或证实其可靠性（个体作品成为集体话语之后）。

3. 作者功能并不是自发地形成的，不是简单地把某一种话语归咎于某一个人就形成了的。它要经过一个复杂的建构过程，也就是我们称之为作者的这个理性实体的建构。他必须是理性的；他必须有原创性，思想深邃，意向明确。但这些也许不是作者的特性，而是读者的心理投射，即读者以不同方式为不同的话语形式建构的投射。比如，哲学话语不同于文学话语，而且在不同时代都是不相同的，而在一个作者的建构中也存在着跨历史的因素。

比如在称作文学批评的话语中就存在着这些跨历史因素：基督教为界定和证实现存文本之作者及其价值的诠释学也可以用于现代批评，以便恢复作者的地位。圣杰罗姆确定了四条标准，依此来衡量作者的神圣性和作者的可靠性。

（1）从标准的性质层面来界定（如《圣经》翻译的忠实性）；

（2）从某一领域的概念或理论逻辑性来界定（自成一派）；

（3）从风格的一致性来界定（风格的独特性：文如其人）；

（4）作者被确定为凝聚一系列事件的历史人物（话语内的贡献）。

就作者之真实性、可靠性而言，现代批评也采取了与圣杰罗姆的方法非常相似的策略：

（1）作者生平，其观点、社会参照、阶级地位、基本目标；

（2）作者的基本写作原则，包括实验性、成熟度和外部影响导致的变化；

（3）作者特殊的思想水平，意识或无意识欲望，解决问题或矛盾的方式；

（4）作者在不同文类中展示的特殊的表现资源：文本、信件、片段、草稿等。

4. 作者功能是通过一些文本记号显示的：人称代词、时间和地点副词以及动词的搭配。在文学中，人称代词指的不是作家本人，而是作家的"第二个我"（故事的叙述者），他与作者的相同之处从来不是固定的，在同一本书中也会经历相当大的变化。作者功能就产生于实际的作家与虚构的叙述者之间的分化，称作"自我的多元性"。这不仅仅见于文学（小说和诗歌），也见于数学论文：序言中的"我"不是结论中的"我"；此外，还有一个在未来的数学话语中发生作用的第三个"我"。

由此可推衍出四种最明显、最重要的作者功能：

（1）作者功能与法律和制度密切相关，后者限制、决定和限定话语的范围。

（2）作者功能并非在所有时代、在某一特定文化内以单一的方式作用于所有话语。

（3）作者功能并非是通过把某一文本自然而然地归于其创造者而界定的，而是通过一系列详尽复杂的程序界定的。

（4）作者功能并非单纯地指某一实际存在的个体，而是同时导致多重自我和一系列主体位置的产生，社会上任何一个阶级的个体都会占据这些位置。

作者是多产的：不仅指作为一本书之作者的个人，也指一种理论、一个传统或一个学科，新的书和新的作者就在这个理论、传统或学科中产生。他们占据的是跨话语的位置，比如荷马、亚里士多德、教会神父们、首批数学家们、希波克拉底以来的医生们等。

到了 19 世纪，一种新的作者产生了，他们是话语实践的开创者：他们不仅生产自己的作品，而且促成其他作者的其他文本生产的可能性，并为其制定了原理，如弗洛伊德、马克思等。

但是，话语的创造不同于文类的创造：安妮·拉德克利夫（Ann Radcliffe）开创了哥特小说或哥特传奇，但不能说是话语实践的开创者，因为哥特小说规定了这种文类的固定格式，后来的作家只能采纳相同的格式进行类比地写作就可以了，不需要发展和创新。文类有自己固定的格式。

但弗洛伊德和马克思不仅仅为后来者提供了类比，而且留下了差异空间，使之能在自己各自的发展中有新的突破（打破原型而求新发展），但同时又不脱离开创者的领域之内，甚至不断地回归本源。比如弗洛伊德开创了精神分析学，此后卡尔·阿布拉罕（Karl Abraham），梅拉尼·克莱恩（Melanie Klein），雅克·拉康（Jaques Lacan），卡尔·容格（Karl Jung）等，他们在概念、前提和研究成果等方面都有所不同，但又都属于精神分析学的总体话语之内。

在这方面，人文话语与科学话语大不相同：比如伽利略的天文学，对于后来机械照搬其理论法则的科学家并不负有直接责任。居维叶的生物学，虽然使进化论成为可能，但进化论却又与生物学理论是直接相对立的。索绪尔的符号语言学使得转换生成语法成为可能，但后者却又与前者有着根本的不同。

人文话语与科学话语之间的最根本区别在于：科学在创立之初就与未来的变形拥有同一个起点，但总是可以通过它所确立的变化机制改变这个起点和发展过程。而人文话语实践的创立与其隐秘的变化却是异质性的。

1. 发展弗洛伊德的精神分析学不是普及弗洛伊德开始时提出的主张，而是要探讨一些可能的新的应用。

2. 限定弗洛伊德的理论是要把原始文本中的一些命题和主张孤立出来，其中有些是开创性的，有些是派生性的。

3. 在开创者的著作中不存在虚假的主张。

一种人文话语实践的开创，如精神分析学或马克思主义，不同于一门科学的创立。话语实践既统摄同时又脱离后来的发展和变化，因此，无论一个主张有效与否，它都必须与开创者的主张相一致。比如，弗洛伊德或马克思的著作都必须被视为基本原典。但在科学中，一个主张的有效性则受领域内的结构规范和内在规范所证实。

那么，人文话语的实践者为什么要回归原典呢？"回归"在这里的意思是"重现"和"激活"。"重现"就是重新发现，就是与现行知识形式进行类比的或同形的研究，其结果是使被遗忘的或模糊的认识得以澄清，使历史性立场得以回顾性编撰，比如，乔姆斯基对笛卡尔式语法的研究就使 17 世纪的杰劳德·科德慕依（Gerard de Cordemoy）和 19 世纪的洪堡特所使用的一种知识形式得以重现。"激活"就是把话语插入到一个全新的领域，使之普及、实践和改造：米歇尔·塞尔在其关于数理记忆的研究中就使用了数学史知识。

"回溯"是一种目的明确的运动，也就是向话语开创时就缺失的东西的回溯。这说明：

1. 总是有基本的构成性的缺失，这个缺失不是偶然造成的，也不是由于不理解而造成的。

2. 话语的开创总是要受到自身发展的扭曲，这种扭曲也是其分歧和歪曲的根源。

3. 这种缺失并不是偶然的，它所带来的障碍只能通过"回溯"才能解决和移除，而这种回溯总是要回归到文本自身，一个本源的、毫无润饰的回归，专注于文本之字里行间、断裂和缺失的回归。

4. 这种回溯是话语机制的组成部分，也就是说，话语，任何话语，其内部就含有不断完善的机制，它要针对源出的话语性进行有效的改造才能构成最终的话语实践。

5. 这种回溯倾向于强化作者与其作品之间的谜一般的联系。一部作品之所以具有开创性价值，恰恰在于它是特定作者的作品，一切回溯都是以这一认识为先决条件的。

总之，在话语的开创与科学的创立之间没有明显的不同，没有证据表明二者之间是相互排斥的。

但这并不意味着上述研究是没有意义的。这种研究能够为话语类型学提供基础，确立作者与这些话语属性之一的不同关系或没有关系。

这种研究也能促成对话语的一种新的分析，不仅包括话语的表现价值和形式变化，而且包括其存在模式、其在不同文化中的不同变化和变体、其表达、评价、归属和挪用的模式。

作者功能还能揭示基于社会关系的话语的表达方式。

概言之，主体（作者）不应该被彻底抛弃。应该重新思考主体，这不是要恢复一个本源主体，而是要抓住其功能，其在话语中的发明，及其从属系统。

我们不应该提出下列问题：一个自由的主体是如何渗透进浓浊的事物而赋予其意义的？它是如何从内部激活其话语规则而完成其设计的？而要提出这样的问题：一个像主体一样的实体是在什么条件下、通过哪些形式出现在话语秩序之中的？它占据什么位置？它发挥什么功能？在每一种话语类型中它遵守什么规则？

根据福柯的观点可得出：主体与构成主体的物必须与其创造的角色剥离开来，而将其作为一个复杂的、可变的话语功能来进行分析。在分析之前，你必须忘掉真正的作者，忘掉他的真实性和原创性，以及他在语言中揭示的最深刻的自我，而且要考虑话语的存在模式，其根源，其流通方式，控制这种话语的个人或体制，各种可能的主体的决定因素，以及主体功能的履行。这样，关于作者之死的各种噪音就可能变成低语。

8

布迪厄：

语言与象征性权力[1]

象征性权力这个概念首先由法国社会学家皮埃尔·布迪厄提出，指在日常的社会习惯领域内发生的几乎无意识地被人们漠然接受的文化和社会主导模式，而这些主导模式却是由主体有意识地维护的。象征性权力指的是对他人的规训，以证实个体在社会等级制中的位置，有时通过个体关系，但最基本的是通过体系制度，尤其是教育制度来实施。因此，象征性权力从根本上指的是强加于被统治的社会行动者（social agents）的各个思想和认知范畴，这些行动者一旦开始依据这些范畴来观察世界和评价世界，在不必意识到自己视角变化的情况下，就认为现存的社会秩序是正义的。这反过来又巩固了主导阶级所热衷的社会结构和利益。在某些意义上，象征性权力比物理暴力还强大，这是因为它已经内嵌于个体的行为模式和认知结构之中，强行营造了社会秩序合法性的光环。

---

〔1〕《柏拉图以来的批评理论》（第三版，下册），北京大学出版社，2006年，第1404—1416页。

布迪厄在开始讨论之前引用了法国剧作家保尔·克洛岱尔的《缎子鞋》（这是他最长也是最佳的剧作）中的一段台词，其中提出了知识产权的思想，大意是：法律应该保护获得知识的群体；所获得的知识就好比"股票""房子和钱财"，是属于个人的。[1]

这为以下关于语言的讨论奠定了基础，即语言也被认为是一种已经获得的或可获得的财富。但这并不是什么新的观点。首先，奥古斯特·孔德就认为：语言构成了一种财富，是每一个人都可以利用的财富，同时又不减少已经储存起来的财富，而且是大家都乐于使用、也都参与保护的一笔公共财富。这可以说是最早的"挪用"概念，说的是公共财产为个人所利用的现象。其次，索绪尔认为：语言是一笔"内在财富"，是"属于同一群体的主体的语言实践所抵押"的一笔财富，"是个体语言财富相加的总和"，"是抵押在每一个大脑中的印记的总和"。最后，乔姆斯基认为：语言能力是索绪尔所谓"总体语言"的另一个名称，即作为"普遍财富"的语言，是整个群体的集体财富，语言能力就是这笔财富在每个个体中的抵押，或者说是"语言群体"的每一个成员对这项公益事业的参与。

在此基础上，布迪厄开始讨论第一个问题。

一、"官方语言与政治的统一"

首先，他指出语言学家仅仅把一种事先建构好的客体融入他们的语言理论之中，忽视了其社会法律的建构，掩盖了语言的社会生成。在此，索绪尔再次成为批判的靶子。索绪尔等语言学家们实际上犯了一个错误，把语言的内在机制（语法、词汇、语音、语义等）看成是限制语言传播的唯一原则，以此掩盖了语言统一的政治过程，而恰恰是在这个过程中，言说主体被导入

---

〔1〕 "你说呀，我的好骑士。应该有保护所获得的知识整体的法律。比如，照顾好我们那些谦虚和勤奋的好学生，他从最早的语法课开始就在一个小笔记本里记满了语录。在跟着老师读了二十年后，他建立起自己的知识股票；那就不像房子或钱财一样属于他的吗？"——克洛代尔《缎子鞋》。

了对官方语言的接受和实践之中。

以索绪尔的总体语言为例。语言学家们通过把通常归于官方语言的一切属性语码化（规则化、规范化），而使其受益于制度条件，这是普及推行语码规则所必需的。没有制度支持，研究和普及就无法进行。但反过来，这种普及推行也帮助强化了官方主导语言的权威性。索绪尔把"语言群体"定义为"运用相同语言符号系统的人群"，并保证使这个人群的全体成员共享能够满足经济生产甚或进行象征性统治的交流。

当使用"语言"这个术语时，语言学家们都默默地接受了某一政治组织对官方语言的官方定义。这种特殊语言是一种语码，是由有权进行写作的作者们生产的，由语法学家们和教师们固定并加以语码化，后者也肩负着使其被广泛熟练使用的教育任务。这种语言是一种密码，在声音与意思之间确定了一种等价关系，同时也确立了话语实践的规范系统。

官方语言是在国家形成过程中产生的，而国家则是官方语言独霸语言市场的条件。在这个意义上，官方语言就是国家语言，是对所有其他语言进行理论规范的语言，其规范的制定者和执行者是语法学家们和教师们，他们是推行和执行规范的法理学家，有权普遍检查言说主体的言语行为，并对其实行学术性质的法律认证。

把所有语言整合成一个单一的"语言群体"，这直接与《圣经》巴别塔故事中上帝的意愿（使语言多元化以便让天下人互不理解）相悖，但"语言群体"是政治统治的产物，或者是实行政治统治所必需的前提，是确立语言统治关系的先决条件（如美国建国初期第二任总统亚当斯提出的美国英语的制定）。

二、语言的标准化和规范化

布迪厄首先从 Langue d'ol, or langue d'oui 谈起。这是一种法语方言，其中包括不标准的法语和最接近标准的几种地方语言，流行于法国北部、比利时南部和英吉利海峡地区。

在此，布迪厄提出了一个重要概念，即 habitus，中国普遍译为"惯习""习性"，实际指某种语言或方言得以使用的场所，用布迪厄的术语说就是"场域"（field）。其内涵是：写作和准法律编撰（如教材的编写、公司管理条例、大学培养方案和教学大纲的制定）是与官方语言的构成分不开的，如果这种写作和编纂中没有对语言对象化，"语言"就会仅存于实践的层面。也就是说，存在着以众多语言"惯习"构成的语言场域，这些场域至少部分是混成的（由不同用法合成的），同时也是语言场域的口头生产。所以，为了让邻村或不同地区的人们在相遇时达到最小限度的相互交流，那么，就必须使一种用法成为另一种或其他用法的标准，因而宣称一种语言比另一种或其他语言更优越，最终形成了以一种语言为规范语言的局面。于是，语言的分隔化就出现了。作为这种（由于抛弃书面语而导致的）语言分隔化的结果，处于劣势的语言便被贬降为方言（patois），其在社会上的贬值将导致词汇和句法结构的内部分解，甚至全部遗失（尽管是缓慢的）。从 14 世纪开始，法语的各种方言开始让位于巴黎受教育阶层使用的通用法语，这种通用法语后来成为国家的官方语言，使得其他地方语言均成为 patois，它们已不再是以前的"听不懂的言语"，而是被贬降为"堕落的、粗俗的言语，普通人的言语"。

到 16 世纪，巴黎方言开始在法律文献中取代南方各种方言（langue d'oc），但法语作为官方语言的推行却没有完全废除繁衍的各种用法和各种口语表达，于是出现了双语或多语（官方语言和方言）共同使用的局面（加勒比海地区、阿尔及利亚、加拿大的魁北克省等）。又由于贵族、商业资产阶级和自由小资产阶级，包括医生、教师和神职人员等阶层的人士越来越经常地使用官方语言，于是，官方语言便逐渐被抬高到民族语言的地位，实际上成了实行政治垄断的工具，也是中央政府和议员们专用的交流工具。

孔迪拉克也提出过类似的理论：语言是一种手段，能够把革命性的语言与革命性的思想统一起来。这意味着，语言中携带着思想，或者，语言本身就是表达思想的工具。要改良语言，清除旧时代语言的残余，代之以纯化的形式，就等于强加一种本身被清洗过的和纯化过的思想。因此，语言统一的政策就不仅仅是出于交流的技术需要，而是夺取象征性权力的斗争，其中最重要的是精神结构的塑造和再塑造，即通过语言教育塑造人的精神，改造人的头脑。简言之，这不仅仅是交往问题，而是一种新的语言权威获得承认的问题，继而是新思想得以推广的问题：其新的政治词汇、名称和指涉、隐喻和颂扬、对社会世界的再现等，这些都是方言社区使用的地方习语所无法表达的。

这种新的语言权威只有在一个国族（nation-state）形成之后才能行驶其权力，创造新的用法和功能，使其成为语言的标准以及惯习之语言场域（habitus）的规范化。在官方语言建构、合法化和推行的过程中，教育制度将起到决定性的作用：教育被用来"构筑意识群体所能共享的相同性，这是一个国族得以发展的基础"。

乔治·戴维从课堂教学的视角提出：讲话的教师也是思想的教师。通过讲授语言，教师已经在教学生自然地以相同方式去看和感觉事物，并据此构筑国族的共同意识。在这个意义上，教语言的教师就不仅是教学生说话，而更重要的是在教学生思想，使其掌握语言所决定的思维方式。在这方面，美国语言学家本杰明·沃尔夫和德国语言学家洪堡特也都提出过类似的理论：语言教育是知识和道德整合（integration）的工具。

著名社会学家涂尔干则从法律角度阐释语言中的语码（code）：语码原本是法律用语，意即"法规"，现在被用于语言学中，表示"语言之正确用法"之意，即正确的语言，以区别于低级的会话语言，该词已经通过教育制度并在教育制度中获得了法律权力。

以上所有这些都是在 19 世纪提出的。

三、市场与象征性主导的统一

整合各种语言，建构一种官方或民族语言，就是推行主导语言的用法。这是象征性商品在市场上统一的一个方面，与经济的整合以及文化产品与流通之整合同时发生。这不仅显见于婚姻交流的市场，也显见于体育、歌曲、服装、住宅等市场，其结果导致了在此之前的语言场域的生产模式及其产品的逐渐废弃。

主导性的市场整合必须通过一整套特殊的教育和机制来进行，这些机制中，国家的语言政策和权力群体的公开介入仅仅是最表层的方面。那么，最深层的是什么呢？所有的象征性主导都以一种共谋为前提，它既不是个体对外在制约的被动屈服，如被强迫使用一种并非母语的语言，也不是个体对价值自由的坚持，如被殖民者对殖民者语言的抵制。象征性主导的独特之处恰恰在于这样一个事实，即对自由与制约的二分法发起挑战。首先，语言场域并非是有意或通过制约选择的，其配置也是在意识和制约之外组构的。其次，布迪厄提到一种象征性暴力，即恐吓，这只能是施加于事先在场域内感觉到这种恐吓的人身上，没有感觉到恐吓的人可能会完全忽略它。人为什么惧怕恐吓？原因就在环境或施加恐吓之人与被恐吓之人的关系之中，或者说，在二者之生产的社会条件之间，正是社会条件孕育了恐吓者与被恐吓者，这意味着，社会条件总是有利于恐吓者，因此，被恐吓者会逐渐接受整个社会结构。这也可以理解为：想利用语言获得象征性权力的人就必须顺从地学习和使用官方语言，否则大可不必睬之。

在语言场域形成过程中，最有影响的构成因素并不是通过语言和观念得以传播的，而是通过日常生活中最普通的事物、环境和行为中的暗示（suggestions），包括看、坐、站立、沉默，甚至说话的方式，这些都是难以抗拒的影响，而之所以难以抗拒，恰恰因为它们是无言的和潜在的、矜持的和暗示性的。这意味着，行为也是语言载体；行为是否得体，也体现一个人的语言能力。

暗示是通过具体的事和具体的人进行的，即不要告诉孩子他必须做什么样的人，而是告诉他是什么样的人（见波伏娃的社会性别论：社会使男孩子成为男人，使女孩子成为女人），进而引导他成为他必须成为的人，这就是各种象征性权力得以有效实施的条件，因此也是使之有效作用的条件，更是建立使这些权力得到回应的语言场域的先决条件。布迪厄似乎相信命定论，即两个人之所以构成这样的关系，就是因为一个人的出现只是为了向另一个人施加某种权力，他甚至不想这样做，更不必说建构什么命令了，因为这种环境以及他本人都是被恐吓的对象。

在为准确性而奋斗的过程中，被主导的说话者有意或无意地服从于主导阶级制定的准确用法，以便改变自己的发音、措辞和句法，而这恰恰是他被侮辱的方面。

四、地位偏离与社会价值

如果没认识到合法使用语言的特殊价值以及这一特权的社会基础，那至少会犯两个错误：1、无意中把主导语言的客观相对性和用法的任意性绝对化了，因此忽视了语言本身的特性，比如句法结构的复杂性；2、摆脱盲目性，但却忽视了合法性的事实，于是任意地把主导语言用法相对化，而这种主导用法是社会认可的，不仅仅是主导阶级认可的。

巴希尔·伯恩斯坦（Basil Bernstein）描述了"编制的语码"（elaborated code）的特点，[1]但没有把语言这个社会产品与其生产和再生产的社会条件联系起来，甚至没有与学术条件联系起来。把这种"符码"视作一切语言实践的绝对标准，而所有这些语言实践却是根据"剥夺的逻辑"（the logic of deprivation）构想的。（这是第一个错误）

拉博夫（Labov）则相反（他犯了第二个错误）。他试图用"大众言语"抵制"剥夺"论，把中产阶级少年的华丽冗赘与贫民窟黑人儿童的准确简洁加以对比，并依此把语言规范强加于同一语言社区的所有成员，尤其是在教育市场上和所有正式场合中强行实施，而华丽冗赘恰恰是这些场合所必需的。

---

[1] Basil Bernstein. *Class, Codes and Control*: *Theoretical Studies Towards a Sociology of Language*. London: Routledge & Kegan Paul, 1971.

政治统一以及随之而来的官方语言的推行确立了同一语言之不同用法之间的关系。所有语言场域都用官方用法来衡量，也就是说，用主导阶级的用法来衡量。不同说话者之语言生产的价值，说话者与语言的关系及其与其自己语言产品的关系，实际上都是在相互竞争的语言变体系统内加以定义的，而这个系统往往都是在语言市场的非语言条件成熟的时候确立的。

结果，语言变体或语言差异或地方方言实际上都是用单一的"普通语言"的标准来衡量的，这些变体、差异或方言本身也将成为处于外围（非中心场域）的地方话，成为学校教师公开谴责的"堕落表达和错误发音"，最终被贬降为奇怪的或庸俗的行话，不适于在正式场合使用。

对此有两点反对意见：一种与社会学相关，另一种与语言学相关。它们都派生于由言语对峙而产生的差异，不能根据自身的相关标准进行语言建构。不管一种语言中不变的因素占多大比例，在发音、词汇甚至语法方面都必将存在一整套差异。从社会学的观点看，这些差异都与社会差异相关，因为语言差异系统实际上就是社会差异系统的转译。于是出现了一个新的学科，即语言的结构社会学。其研究对象是与语言差异相关的结构社会学以及与社会差异相关的结构语言学。

语言的社会用法具有社会价值，这是因为语言用法是取决于差异系统的，在区别性偏差的象征秩序中，语言差异系统生产社会差异系统。说话就是挪用等级制用法中已经构成的语言风格，从这些等级用法中会出现自发的风格，从场域的角度把两种差异等同起来，即通过语言的风格差异理解社会阶级的差异。

然而，说话的能力可能与社会认可度不是相等的，也就是说，足以生产可被理解的句子的能力（在某地方或家庭内被理解）并不足以生产可能被听懂的句子（其他地方的人可能听不懂），即不足以在所有场合被接受。因此，讲合法语言（官方语言或普通语言）的能力就比生理上的说话能力（发声和地方话）要重要得多。后者是生理上遗传的，而讲合法语言的能力是社会的遗传，是把社会地位转译成差异性偏离或地位的象征性逻辑。

现在再回到知识贸易股份或作为商品的知识产权的隐喻上来。语言市场的建立据说是为了创造客观竞争的条件，通过这种竞争，并在这种竞争中，合法语言的能力可以成为语言资本，是在每一次社会交换中都能获得地位的利润。但这利润并不总是与训练的成本相应，因为训练的消费显然是技术浪费，仅仅履行了合法语言的社会功能，实现了社会价值，而这也是社会以教育制度为保障的一种在社会中实践的语言能力。事实上，地位的收获并非来自训练或教育，而是产生于这样一个事实，即具有特定语言资质的产品或说话者（诗人、讲演者、主持人）供不应求，这反过来又取决于这样一个事实，并非所有人（农民、下层社会、偏远地区的人民）都能享有获得或培养合法语言能力的条件，因此，这最终成为在社会结构中所占据位置的功能性问题了。

另一个事实是，根据语言差异系统与经济和社会差异系统之间的关系，人处在一个由言语偏差构成的等级宇宙之中，这个等级宇宙被认为是合法的，是衡量语言产品价值的标准。于是，主导语言（官方语言）的能力就成了语言资本，成为获取其他能力之剩余利润的保障，以便在语言市场和大多数语言交往中把这种能力作为唯一合法的能力来推行。教育制度的重要性就在于这样一个事实，即教育机构垄断了大规模的生产者和消费者的生产，因此也垄断了语言市场的再生产，没有语言市场，语言能力的社会价值，其作为语言资本的价值，就不会存在了。而在全球化时代，最大的语言市场当是多语能力的市场，能够创造最大社会价值的能力当是合法的多语能力。

五、文学场域与争取语言权威的斗争

语言场域被视为具有特殊语言权力关系的一个系统，是基于不均等的语言资本分配和不均等的同化语言资源的机会建立的，如城市与乡村的差异、发达地区和不发达地区之间的差异。通过这个语言场域的中介，表达风格的空间结构便自行再生产出差异结构，这个差异结构客观上是与生存结构相分离的，而实际上却是密切相关的。

在语言生产领域内部，有一个限制性生产的亚场域，其中的生产者最主要的是为其他生产者而进行生产，所以，我们有必要进行下列区别：1、合法的普通言语的简单生产所需要的资本；2、表达工具的资本，也就是用于生产值得发表的或官方的书面话语的资本。这后一种资本指的是对物质化资源的利用，如图书馆、书籍、经典、语法书和字典，包括各种修辞手段、文类、合法的风格或手法，以及注定成为权威的全部表达形式和被引为典范的例子，所有这些都给予了具有操纵语言权力的人，因而也使他有权控制语言的普遍使用，从而控制语言资本。这也可具体体现在项目和控制项目分配的人身上；获得项目的人，是语言资本的控制者和使用者，因此都是语言资本市场上的最大利益获得者。

原本有两种保存合法语言的方式：一种是内部拥有保证自身永久发展的权利，另一种是界定其空间延伸的权力（向外扩展）。但对合法语言之生存来说，最重要的权力是推行合法表达方式的垄断权，而这个权力依赖于持续的创造过程，这是通过不同权威在特殊生产场域内部的不间断的斗争而得以持续的。只有拥有这种权力，合法语言才能持久，才能得到认可并实现其价值。

这里，布迪厄启用了场域博弈论，即各个场域争夺特殊股份以掩盖与博弈原理相关的有目的的共谋。这种斗争往往会使人实际潜心于博弈的价值，致力于合法性的认可，因此导致合法语言的生产和再生产。

如果我们用博弈的理念思考文学场域，不是考虑各个作家风格（股份）的价值，而是关于风格之争论（博弈）的价值，那么，我们就必须考虑博弈的结果是否值得所付出的努力。作家之间把写作作为合法艺术而进行的竞争，以及作家自身的存在，由于其与"普通"语言的距离而促进了合法语言的产生，同时也促进了人们对其合法性的信任。

这不是象征性权力的问题，即作家、语法学家和教师以个人能力凌驾于语言之上的权力问题。这是他们集体地甚或无意识地为一种独特的和具有特殊地位的语言的生产、神圣化和推行做贡献的问题。语法学家垄断了对作家及其合法写作的神圣化和经典化，通过选择哪些值得神圣化的作家来建构合法的语言，并通过教育制度将其融入合法语言能力的培养，使其进入规范化和合法化的过程，即通过合理化而使其成为语言之特殊用法的规范和法规。因此，根据高雅社会的儒雅之风和作家拥有语言艺术本能的要求，语法学家总是能提出"合理用法"和"语感"等理由，而这些理由均源自构成语法的"理性"和"鉴赏力"。另一方面，作家则总是能用天才抵制规则，蔑视被雨果谑称为"语法家"（grammatists）的那些人的命令。而作家则是愿意革新字典的人。

教育制度担负着以语法之名控制和惩罚异端产品的任务，灌输特殊规范，以阻止革新进化的施行，同时，教育制度仅仅通过灌输语言的主导用法而使其成为唯一合法的语言，这极大地帮助了主导阶级对语言的垄断。

另一方面，在文学场域内活动的人仅仅因为他们在这个领域里的地位而助长了语言的象征性统治，与此相关的各种利益也引导他们去追求连他们自己都不甚明了的外部效果，换言之，作家们在不知情的情况下助长了合法语言的合法使用。

优秀的语言能力有两个特点：清晰和准确。这是因为在文学场域中，作品呈现为一种原创语言，而"原创"指的是偏离（deviation），即从最常见的表达方式或传统的偏离（即不合常规的出新的用法）。价值总是产生于偏离，而意义则产生于关系之中。在一系列关系中必然存在着两种对立：高雅与庸俗的对立，以及张力与松弛的对立。在这种等级背后显见的原则就是控制偏离的程度和表达的准确度。

现在清楚的是，合法语言是一种半人工语言，必须通过永久的准确性得以维持，这项任务将由教学机构、教育制度、个体说话者，尤其是语法学家和教师来完成。因此，正确的或被纠正的表达就其本质的社会属性而言取决于这样一个事实，即正确表达只能由实际掌握了学术规则的说话者来完成，这些学术规则显然是在法规形成过程中构成的，是通过教学公开灌输的。如此看来，正确的用法就是一种语言能力，一种融会贯通的语法，一整套派生于公开发表的话语的学术规则，是为尚未公开发表的话语确定的必须执行的规范。因此，关于一种合法语言之属性和社会效果的描述就必须包括：1、文学语言生产的社会条件；2、学术规范得以推行的社会条件；3、作为话语生产和评价之原则的灌输。

六、语言场域的动力因素

最后，布迪厄把语言资本传输的规律作为不同时代之间文化资本之合法传输的特殊例子。因此，用学术标准衡量的语言能力，与文化资本的其他方面一样，取决于教育水平和社会轨道。而家庭和教育体制则成为获取语言能力的两个主要模式，以及合法语言能力生产的两个主要手段。

仅就教育具有在普世进程中永远灌输语言所必要的代表性权威，仅就教育可据遗传文化资本的比例改变这种灌输的长度和强度，那么，文化传输的社会机制就易于再次在合法语言的非常不平等的知识与对这种语言极其统一的认可之间造成悬殊的结构差异。这一悬殊差异是语言场域中决定性的动力因素之一，因此也是语言的变化之一。

这一悬殊差异就在知识与认可之间，在愿望与满足愿望的方式之间，是一种产生张力和预张力（pretension）的差异，即产生的压力与所能承受的压力之间的差异。这种预张力就是认可地位，但却是在通过利用并否定这种地位的努力中揭示出来的。它也把一种永久的压力引入竞争场域之中，这必然使得被社会认可并因此而知名的地位拥有者采取获取地位的新策略。大众的庸俗和资产阶级的地位是由合法语言的仲裁者来决定的，即学术人、语法学家、教师是正确用法的模范和工具。

曾经给某人带来地位的那些表达方式（语言的或别的什么）都可能流行起来，之后就失去其区别性权力，并因此而变得平庸、普通、轻易和陈旧。毫无疑问，由于不断公开而产生的那种厌倦，一旦与那种稀有感相结合，就将产生那种向更具"特性"的风格特征的无意识漂流，或向普通特征的更罕见用法的无意识漂流。

结论：地位偏离是语言资本不断运动的驱动力。由于变化的动力无非是整个语言场域或一整套的行动和反行动，它们在构成语言场域的竞争关系中会不断产生，这个恒久运动的中心既无处不在又无处都不在。要改变合法语言之各种用法及其社会价值结构，就必须采取某些策略，这些策略的逻辑和目的是受结构本身控制的，也取决于实施这些策略的人在结构中占据的位置。不同人的语言策略严格地取决于这些人在语言资本分配的结构中占据的位置，这反过来又通过教育制度而决定阶级关系的结构。所以，语言场域中深嵌的机制将产生地位偏离的结构，为那些拥有罕见和独特语言能力的人增加利润。

9

德勒兹 / 瓜塔里：

块茎哲学[1]

　　"块茎"一文中主要以 Rhizome 一词为隐喻，讨论资本的扩张和发展。该词的中译却有时被误译为"根茎"，但在植物学中，"根茎"与"块茎"是完全不同的两个植物学范畴。

　　两位作者在正文前用一幅图展示了块茎的形式：那是大卫·都德（20 世纪美国实验派作曲家）的第 14 号钢琴曲的五线谱，画面上纷乱缠结的线条与规整的五线谱线条形成对比，读者由此而能对块茎产生些许印象。

　　文章开头作者便指明"我们两个"，即德勒兹和瓜塔里，他们曾合著《反俄狄浦斯》和《千高原》等，是可以与马克思和恩格斯相媲美的一对旷世合作者。而"我们两个"之中的每一个又都是几个，颇有一生二、二生三、三生无限的中国道家思想的感觉。但这里谈论的不是中国的道家思想，而是西方形而上学中一与多的关系，一个人与众人（crowd）的关系，"众人"即"多"。

〔1〕《柏拉图以来的批评理论》（第三版下册），北京大学出版社，2006 年。第 1443—1456 页。

　　"一"首先以作家的面目出现。有些作家为什么用笔名？答：是为了防止被认出，或不便披露姓名。为什么？因为从表面上看这是出于习惯，而本质上却是不想被认出，即不可识别、使物无法辨识。物令我们行动、感觉和思想。却为什么要令我们不可识别或无法辨识呢？其目的是要废除作为主体的"我"，作为"一"的我；而突出"物"，作为"多"的物。一个人是否用"我"说话已经无关紧要：贝克特的一句台词："谁在乎谁在说话？"我们已经不再是我们自己。我们受到帮助、启发，我们被繁殖：一变成了多。

　　接着是另一个问题：什么是书？一本书不是客体也不是主体。给书加一个主体，即一个作者，就等于忽略了以不同形式构成的物质：日期和速度、其与外部的关系、地理运动，还包括表达和分隔的线、层级和地域、逃逸线、解域化和解层级化运动，以及这些运动的减速和黏固或加速和突破。所有这些构成了组装（assemblage）。因此，给书加一个主体，即加一个作者，就等于突出或强调了"一"而忽视或轻视了"多"。

　　Assemblage（组装）译自法文 agencement，译成英文就是"putting together""arrangement""laying out""layout"或"fitting"。它不是用来意指安排或组织的一个静态词，而指安排、组织、组装过程的一个动态词。在德勒兹和瓜塔里的著作中，它是正在被组装的东西，突出组装的过程。一个组装不是一套事先确定的部件（一台机器的各个部件），即组装一个已经构想好的结构（一台机器），或按计划进行的一次行动；也不是任意收集的物的随意组装。于是，必然性和偶然性均被排除，但又兼具二者的特点。它是某个整体，表白某种身份，索要某块地盘等。一个组装是一系列异质因素的集合，各不相同的物聚于特殊的关系之中，比如考古现场挖掘出来的日常遗物：碗、杯、骨骸、瓦砾、小器物以及特别的物（单个看来意义并非重大，但关联起来便见其重大价值）。不仅这些东西本身，而且包括它们的属性（大小、是否有毒、精细或粗糙、刺眼与否，等等），以及这个组装的情感程度和有效性，即不仅指它是什么，也指它能做什么，如何发挥效用。一个组装的组成因素不仅仅是物，因为物本身就是属性、速度和线条的结合。

比如弗洛伊德的精神分析案例：一个孩子从窗口向外望去，看到一匹马拉着一辆车，马倒在了街道上，被赶车人痛打致死，孩子哭了。对德勒兹和瓜塔里来说，这是一个组装：马－车－街道，几件物被置于一个特殊关系之中。但这也是个性化组装之中的一系列主动和被动的情感，马－车－街道就是这个语境的一部分：马的眼睛被蒙着，带着马嚼子和马鞍，傲慢，外露生殖器，拉着重货，被鞭打，倒地，蹄子刨地，死亡，等等。这些情感强度在组装内部流通着、改变着：一匹马能做什么？（或参考拉康的镜像组装、男童女童与男厕女厕的组装。）

一个组装创造地域，这些地域不仅仅是空间；它们也有要义，有主张，它们正在表达。地域并不总是固定不变的，而是处于构成和解构的过程之中，也就是再辖域化和解域化的过程。

一个组装面对许多层级（一与多），它们在一个地层、一个特殊组合里出现并被组织起来。

一个组装也面对无器官身体（the Body without Organs，简称 BWO）：未固定的、变化的块体的运动，涉及速度和流动，器官在这个平面上被移除，其因素到处流通。

机器性组装包括两个方面：一个面对各个层级，因此使其成为一种机体，一个意指的整体，或一个主体的决定因（但不是主体）；另一个面对无器官身体，继续移除机体，产生非意指性粒子或要通过的或流通的强度，使其成为一个强度之踪迹的名称而已（但仍然不是主体）。

"无器官身体"是一个精神分裂症概念，它由三个方面或因素组成：

1. 器官的非有机功能：对精神分裂症患者来说，身体器官具有功能，或基本上作为"机器"的未标示的因素或部件，并与其他部件相关联。一棵树，一颗星，一个灯泡，一辆摩托车，另一个器官，都是部件。在自身内部，这些器官或部件都是相互分离的，相互陌生的，没有任何关联，都是纯粹的单体，但它们被创造就是为了共同发挥作用这一简单的目的，从而构成一个复杂的机器组装。

2. 这样的 BWO 是一个液体的表面，器官的非有机功能就在这里发生，一个非生产性的或反生产性的表面，能挫败器官机器的生产活动，使其在轨道上突患强迫性麻痹而死掉。器官机器和无器官机器有一个共同的敌人，那就是有机体（the organism），即组织化，把总体化、合作、整合、禁止和肢解等一整套强权强加于器官之上的有机体或组织。无器官身体试图拒绝有机体的器官，将其当作无数迫害性机器抛弃掉。但无器官身体也吸引器官，利用器官，使其在另一个领域而非有机体内发生作用。这些器官就由于这第三种非器官性机器领域而被神奇化了。而这第三种非器官机器既不是有机机制，也不是有机体的组织。那它究竟是什么呢？具体而言，它是组装，是多元的、不可归属的非器官性机器，比如书。所以我们不知道它最终将变成什么样的实质形式。

那么，什么是一本书的无器官身体？在回答这个问题之前，我们首先要提出和回答另一个问题：什么是强度？

强度（intensity）是构成精神分裂症的第三个也是最后一个因素：无器官身体的两极——器官的非有机生命功能及其冻结的麻痹状态，二者之间是吸引和拒绝的各种变体——把精神分裂症患者的整个痛苦转化，在这两极之间产生精神分裂症的各种不同形式：偏执型（拒绝）、奇迹化、幻想型（吸引），这是身体的强度，强度的环境，即吸引和拒绝的比例达到不同强度的状态，也是患者所经历过的状态。因此，无器官身体实际上是有机体在整合过程中感觉到的东西，仿佛各个器官是被经验的不同强度或情感状态，它们可以以无限的组合形式与无器官身体连接。事实上，器官机器和无器官身体是同一回事，而无器官身体及其强度并不是比喻，而是物质本身。

于是，一本书就可以从作为有器官的身体（图书馆里书架上的书）而转化为无器官的身体。那么，一本书的无器官身体究竟是什么呢？根据在黏性平面上聚敛的线条、等级和浓度可分几种：

作为组装，一本书只有其自身，没有客体；它与其他物关联，与它传输或不传输的其他强度关联，或用无器官身体自行聚敛。

作为组装，一本书只通过外部并依外部而存在。一本书本身是一台小机器，一台文学和抽象机器，与战争机器、爱情机器、革命机器等相关。一个作家必须与其他机器相关：克莱斯特与疯狂的战争机器相关，卡夫卡与最不平常的官僚机器相关……

所有这些都是多元性、线条、层级、分隔、逃逸线、强度、机器组装、无器官身体、黏性平面。所有这些构成了写作的量（量化的写作）。文学不是意识形态。写作与意指无关。写作是勘测，是绘图，是地理测绘，甚至是对尚未出现的领域的勘测和绘图（维特根斯坦的"展示"、德里达的解构性"延异"）。

书分为几种。第一种书是根状书（root-book），即古典书，它高尚，有意指，有主观的有机的内在性。这种书根据反映的规律模仿外部世界，一变成二，但这是最古典的、反思最深的、最古老的、最令人厌倦的思想。它是辩证的或二分的。但自然并非如此规律：自然界中，根是由主根或直根与许多边缘的和环绕的分支构成。书本身有直根（书脊）和叶子（书页）。但乔姆斯基的语法之树是二分的。这种思维方式不曾达到对多元性的理解。如果遵循自然法则，毫无疑问，我们可以直接从一变为三、四或五（中国道家思想），但必须有一个强固的统一原则，即支撑次根的中轴主根。但这也不能走得更远，二分法的二元逻辑简单地被两个连续的圆之间的"双单义关系"（biunivocal relationships）所取代。

书的第二类型或形象是胚根（radicle-system）或丛生根（fascicular root）。有主根，其顶部损坏。于是滋生出无数次根，它们由主根支撑而向四周蔓延，迅猛发展。

对此，作者们举了三个例子：

1. 威廉·巴洛斯（William Burroughs）的剪辑法：把一个文本折叠入另一个文本，构成一个多元的甚至不确定的根，意味着对前文本的增补。

2. 乔伊斯用词打破了词的线性统一，甚至打破了语言的线性统一，设置了句子、文本或知识的循环统一，如《尤利西斯》。

3. 尼采的格言打破了知识的线性统一，提出了永恒回归的循环统一，在思想中以未知形式在场。

这三个例子证明是使序列多产或使多元性发展的最现代方法，在单向或线性发展中是完全有效的，而总体化的整体却证明在一种圆形的或循环的维度中更为牢固。

世界已经发生了巨大的变化，失去了中轴。主体甚至不再是二分化了，而让位于一个更高的整体，一种矛盾的情感或多元决定，总是处于对其客体的增补维度之中。世界已是一片混沌。因此，书也成了胚根的混沌宇宙，即块茎宇宙，而不是根状宇宙。

如何创造多元的块茎？答案是以 n 减 1 的方式（n－1）。这是让一属于多、成为多、最终驱除一的唯一方式，也就是驱除中心以便达到无中心状态的方式。总是从将要构成的多中减去一。这个一是什么？这个一就是多中那个独一无二的因素；减就是从多中减去那个独一无二的因素，它就是位于中轴的主根，甚至胚根的主根。这就是 n–1 的诸多范畴。接下来该是块茎了。

块茎是地下枝干，绝对不同于根和胚根。球茎和结节都是块茎。有根和胚根的植物在其他方面看上去像块茎，但不完全是块茎的。群居动物是块茎的：拥挤在一起的鼠及其鼠洞是块茎的（提供住所、供应、运动、逃亡路线），马铃薯、茅草、杂草都是块茎的。

块茎生长的原理：

1. 关联：一个块茎的任何一点都可以与其他任何一点联系起来。它不同于乔姆斯基模式的语言学之树（二分法）；所以块茎的特征不必与语言学特征相关联。任何一种符号链都与非常不同的编码模式相关（生理的、政治的、经济的，等等），不仅致使不同的符号王国相互作用，而且不同层面的事物状态也相互作用。集体的表达组装直接在机器组装内部发挥作用。彻底打破符号王国与其客体之间的关联不是不可能的。

2. 异质性：块茎不断地在符号链、权力组织以及与艺术、科学和社会斗争相关的状况之间建立联系。一个符号链就好比一个结节，把非常不同的行为聚合起来，不仅是语言的，还有视觉的、模仿的、姿态的和认知的。不存在自在的语言，也没有什么普遍的语言，有的只是大量的方言、土语、俚语和特殊用语（参见布迪厄）。没有什么理想的说话者和听者，也不存在同质的语言群体。本质上，语言是一种异质的现实。没有什么母语，只有政治多元性内部一种主导语言的权力控制。语言在教区、主教区和首都（巴黎）附近稳定下来。它构成了一个块茎（参见布迪厄）。它通过地下枝干顺着河谷或铁路线生长、流动。它像喷洒的油一样扩散。块茎式方法只有通过解除中心进入其他维度和语域才能用来分析语言。一种语言从来不是自行封闭的，除非无能发挥了作用（已死的语言）。

3. 多元性：树状多元性是虚假的。真正的、本质的多元性不再与作为主体或客体的一（the One）有任何关系。客体中不存在作为中轴的一，主体中也没有可分化的一。多元性既无主体也无客体，只有复数的决定因素、级数和维度。如果多元性不改变性质，这些决定因素、级数和维度就不能增加。因此，结合的规律是随着多元性的增强而增加其数量。木偶连线作为块茎和多元性，不是由艺术家或木偶艺人的所谓意志决定的，而是由多元体的神经元决定的，这个神经元在与艺术家相联系的其他维度里构成了另一个木偶。演员的神经元反过来构成了织物。一个组装恰恰是一个多元体在这些维度中的增量，当这个多元体扩展其外部关联时必然引起性质上的变化。块茎内部没有点或位置。乐谱上的点会转化成线；我们没有用以衡量的单位，我们只有多元体或衡量单位的变体；我们没有具有中轴的统一体，只有当一个能指或相应的主观化出现在多元体内时，我们才有这种统一体。块茎或多元体从不允许被过度编码，从不把某一增补的部分附加于线谱的数字之上。所有多元体都是扁平的，充斥或占据其全部维度，因此我们说有一个由多元体构成的黏性平面。多元体是由外部界定的：抽象的线条、逃逸线、或解域化，它们据此而发生性质的变化，并与其他多元体发生关联。这个黏性平面就在所有多元体之外。

一本书的理想就是把一切都摆在这个外部的平面上，在一页纸上，在同一个页面上：经历过的事件，历史的多元决定，概念，个体，群体，社会构型，总是与外部构成某种关系，如克莱斯特的书。n 维度的扁平多元体是非意指性的、非主观的。

4. 非意指性突破：块茎可以被打破，在特定点上被打破，但它将在那个点上重新开始旧的路线或开辟新的路线。每一个块茎都包含分隔线，并据此层级化、辖域化、组织化、意指化、被赋予属性等等。也有解域化的路线，并常常借此逃逸。无论何时，只要分隔线爆破成逃逸线，块茎中就出现突破，但逃逸线也是块茎的组成部分。这些线始终相互缠绕着。

那么，它们是怎样相互缠绕的呢？是以组合的形式。比如：

兰花与黄蜂的组合：这被视为最佳的解域化运动。兰花建构自己的形象，吸引了黄蜂，于是，黄蜂便在兰花上（对兰花的形象）进行辖域化或再辖域化，但与此同时，黄蜂也被兰花辖域化或再辖域化了，因为在携带着兰花的花粉到处进行辖域化或再辖域化时，它便成为兰花繁殖机器的组成部分。在某种意义上，兰花和黄蜂这两个异质因素是在相互辖域化和解域化，于是构成了一个块茎组合。在这个过程中，一个非常重要的运动在进行着：一种可证实的生成，兰花生成黄蜂，黄蜂生成兰花。每一次生成都会导致其中一个因素的解域化和另一个因素的再辖域化，因此是两次生成，它们之间相互关联，构成循环，进而更进一步地推进解域化。

非平行进化：病毒与细胞关联，作为复杂种属的细胞基因到处传播，但它也可以逃逸，进入完全不同的种属细胞，携带着源自第一个寄主的"遗传信息"，而一旦这个"信息"与新寄主的"信息"结合，便构成了全新的"信息"。正是在这个意义上，德勒兹认为这种非平行进化的块茎是反谱系的。

书与世界的组合：书是世界的形象，书与世界构成块茎组合，二者之间也是一种非平行进化。书保证世界的解域化运动，而世界则导致书的解域化，反过来书又在世界中进行自身的解域化。

动物与植物的组合：粉红豹什么都不模仿，但给世界涂上自己的颜色，而这就是生成世界，进而自身变得无法识别，无意义，制造突破口，制造自身的逃逸线，将非平行进化进行到底。植物虽然有根，但总是有一个外部，在那里它与别的东西构成块茎组合，比如与风、动物或人类。

由此得出结论：就植物组合的规律而言，你开始划定第一条切线，它包含无数个聚合的圆和连续的奇点，然后你看到那条切线内部是否有新的聚合的圆形成，并在外部周围一定范围内形成新的点。写作，建构一个块茎组合，通过解域化扩大疆域，把逃逸线延伸到最终生成一个抽象机器的那个点，使其涵盖整个黏性平面。

音乐就是这样一种块茎组合。音乐总是制造逃逸线，就像许多的"转换性多元因素"（transformational multiplicities）一样，其形式，包括对形式的突破和繁衍，都能够构成杂草一样的块茎。

5. 绘图（测绘）：一个块茎能绘制地图，但绘制地图不是追溯踪迹。追溯踪迹是树的逻辑，繁殖的逻辑。树是分等级的，也是表现等级的。踪迹就像一棵树的叶子，有树尖的叶子，中层的叶子，底层的叶子，里层的叶子，也有外层的叶子。此外，叶子并不像杂草，不是旁生的，而是按顺序生长的；也不会生成别的不是叶子的东西。但是，一个块茎不是树，而是一幅地图。兰花并不繁殖黄蜂，它和黄蜂一起构成一幅地图。一幅地图并不繁殖无意识的东西，它建构无意识的东西。它在不同场域之间建构联系，移除无器官身体，最大限度地将其向黏性平面开放。它本身就是块茎的一部分。作为块茎的地图有许多特点：开放，各个维度都具有连接性，但又是可以脱离的，可逆向运行的，随时都趋向于变化，被撕裂，逆转、添加；个人、集体随时都可以重新绘制；可以贴在墙上，被视为艺术品、装饰品、图画；或者作为政治、军事和经济活动的标示，也可以成为冥想的注视物。其最主要的特点是它总是有多元的进出口。

但当把地图与踪迹加以比较时，德勒兹和瓜塔里发现，踪迹总是可以放回到地图之中的，而踪迹却不能再生地图。通过选择或孤立，通过着色或其他限制性的人造方法，踪迹可以把地图变成随意的意象，把块茎变成根和胚根；它根据服从于块茎的意指轴和主观化而组织、稳定和分解多元因素。它生成块茎并把块茎结构化，而且，踪迹只繁殖自身。精神分析学和语言学就是例子。

于是，他们认为踪迹是危险的，而重要的是尝试另一个相反但却非对称性的方法。这就是通过踪迹或根树来进入多元入口，只要你能足够小心的话，尤其是要避免摩尼教的二元论。你总是难免走进死胡同，用意指力量和主观情感（俄狄浦斯情结或偏执狂或更糟糕的僵化的领域里）寻找立足点，以找到通向其他变形的路径。

但仍然有更进一步的方法。你可以直接绑定一条逃逸线以便把那些层级打碎，斩断树根，制造新的连接。于是，制图－追踪与块茎－树根的组合就具有解域化、多样化的同等效果。树或根结构可以存在于块茎之中，而树或根的旁枝也可以突发成块茎。一个新的块茎可以构成一棵树的树心、一个根的凹陷处、一棵树枝的结瘤，或许正是一个根——树的微小因素，一个根基（a radicle）使得块茎得以生产的。

要具有块茎形状就要生产像是根的枝干和丝状物，最好是通过渗透树干将这些枝干和丝状物连接起来，将其用于新的用法。阿姆斯特丹是块茎城市；思想不是树状的；大脑不是根植的或分支的。大脑更像是草而不像是树，这也同样适用于短期记忆，它是块茎的或绘图式的，不服从共边法则或直接与客体接触的法则，而总是处于断续、断裂和多元生长的条件下。

但是，德勒兹和瓜塔里警告我们，有许多虚假的多元性，比如复兴的、再生的、回返的水螅（希腊神话形象：九头蛇）和水母们（希腊神话形象：美杜莎），即便你感觉到接近某种多元性，但也可能是虚假的，根式的，表面上似乎是非等级的表现或陈述，而实际上却允许完全等级制的结论。

6. 贴花法（复印）/ 胶版（复印）/ 无中心系统：

交流可以在一个邻居与任何一个邻居之间进行，枝干或渠道并不是事先存在的，所有个体都是可以相互交流的，由其自身在特定时刻的趣味所决定——这样，地方 / 局部的操作就协同起来了，最终的全球结果就会是同步 / 同时发生，而没有核心的行动者。这种胶版复印就是地图。

主要思想是：树可能会与块茎交往；它们可能会突发成块茎。消防队可能需要一个队长，也可能不需要一个队长。精神分析学中总是有一个队长，弗洛伊德队长；但在分裂症分析（schizoanalysis）中，无意识总是被当作一个无中心系统，一个有限的自动装置的机器网络，一个块茎，因此产生完全不同的无意识状态。关键是生产无意识，随之生产的是新的表达，新的欲望：块茎恰恰就是这种无意识的生产。

树状思维主导着西方，控制着西方的所有思想，但东方却是另一番光景。东方是一片大草原，一个花园，一片沙漠和绿洲。西方与农业相关，东方与园艺相关。西方信奉超验的道德或哲学，上帝播种收获。东方信奉内在的道德或哲学，重新种植枝条（旁枝），这对立于播种。西方已经失去了块茎。

美国不同于欧洲，欧洲早已患上了超验病。美国已经走上了块茎之路，即刻就能与外部直接连接的地下组织、帮伙和派系，一连串的旁枝别系。美国的书也不同于欧洲的书：克茹雅克的《在路上》，惠特曼的《草叶集》。美国印第安人构成块茎：没有祖先，不断退后的边界，变换和被置换的前沿。西方有一整幅美国地图，在那里，甚至树也能变成块茎。

作为块茎的渠道：

块茎和内在性的东方：官僚是渠道之一，国家生产有渠道的和渠道化的阶级，其官僚主义就是渠道之一。专制君主是条河，不是水龙头。

美国是块茎，块茎形成之前是对印第安人和农民的内在灭绝和杀戮，以及外来的不间断的移民潮。资本的流动产生了巨大的水渠，权力的量化直接导致额度的出现，每一个人都能从资金流动的渠道获得利润：在美国，树和渠道、根和块茎，都聚在了一起。没有普遍的资本主义；没有资本主义本身；资本主义就在各种构型的交叉路口，它本质上是新资本主义。它发明东方的脸和西方的脸，重新构筑二者的形状——其结果则更糟。

在德勒兹和瓜塔里谈论高原之前，他们总结了块茎的主要特点：

1. 块茎把任何一点与其他任何一点相连接，而其特点并不一定与具有相同性质的特点相连接；它使非常不同的符号领域，甚至非符号状态发生作用。

2. 块茎不能化简为一，也不能化简为多；它不是可以生成 2 或 3、4、5 等数的一，也不是衍生于一的多，或加一的多，不是 n+1。

3. 它不是由单位构成的，而是由面（向度）构成的，即由运动的方向构成的。

4. 它无始无终，总是在中间（milieu），它由此处生长并由此溢出。

5. 它以 n 向度构成线性的多，这些向度没有主体，没有客体，可以在一个黏性平面上展开，总是由这个平面抽取一（n-1）。

6. 块茎是由线构成的：分段和分层的作为面相的线；作为最大面相的逃逸线或解域的线，此后，多元性经历了变形，性质发生了变化。

7. 块茎不是再生产的客体：既不是作为树形象（image-tree）的外部再生产，也不是作为树结构（tree-structure）的内部再生产。

8. 块茎是反谱系的，是短期记忆或反记忆的。

9. 块茎通过变化、扩展、攻克、捕捉、旁生发生作用。

10. 块茎相关于必须生产的、建构的地图，总是可分离的、可连接的、可逆向的、可改变的地图，这个地图有自己的进口、出口和逃逸线。

11. 块茎是无中心的，非层级的，非意指的系统，没有头领，没有组织性记忆或中央装置。

12. 块茎与性征有关，但也与动物、植物、世界、政治、书、自然或人工的物，以及各种生成方式有关。

10

追 述：

德勒兹的游牧思想[1]

　　德勒兹曾说，如果不读柏拉图、笛卡尔、康德、海德格尔，以及其他人关于其思想的书，你就不能"思想"。推而言之，如果不读德勒兹论休谟、尼采、柏格森、康德、斯宾诺莎、莱布尼茨、斯多葛派、伊壁鸠鲁派等的思想的著述，我们就不能理解德勒兹和瓜塔里作为思想家在众声喧哗的哲学话语中的"口吃"。德勒兹的著述是一种阅读，而这种阅读并不是在原著中寻踪索迹，寻找隐蔽的所指，领会终极的意义，而是通过"加速"和"减速"把论点和论据追踪到极致，直到抓住"生成"疑点和问题的机器，介入改造和变化的理论，捕捉足以表达这种理论的语言，用纯粹"生成"的理论颠覆同一性的压制，用差异代替存在，用生成差异的重复取缔线性的时间序列，这才算真正完成了他所说的游牧式阅读（nomadic reading）。

　　于是，在德勒兹的思想游牧场上，我们看到休谟为他提供

---

〔1〕 本文曾以《德勒兹思想要略》作为《游牧思想：吉尔·德勒兹／费利克斯·瓜塔里读本》的前言发表，吉林人民出版社，2003 年。

了超越经验主义的方法；斯宾诺莎帮助他解决了"一"与"多"的古老的哲学命题；而在移植现象学和现象学给予自然感知的特权方面，柏格森充当了德勒兹的同谋。然而，柏格森的重复记忆，也就是不能够永久回归的时间，并未能彻底说服德勒兹，致使他又带着疑虑去追问尼采。尼采的永久回归说（the eternal return）让德勒兹弄清了一件事，那就是重复（repetition）是某种方式的行为；它总是与某一独特的客体相关，即这种重复中不包含相似性，不包含相同的因素。尼采所说的重复是一个例外（exception），一种僭越（transgression），一种差异（difference）。正是由于这种独特性、僭越性和无中心的差异性，尼采才将其命名为"权力意志"。然而，德勒兹认识到，这种"权力意志"并不是指被剥夺了权力的各方力量刻意追求和夺取权力的意志。力本身就是权力，权力本身就是意志，或者说，意志就是这种作为权力的力的表达。

然而，要建构一种真正的游牧思想体系，德勒兹必须首先建构一个关于纯粹生成和变化的理论体系，而这样一个理论体系又必须包括一系列悖论和序列的构型。它必须大于以前"所是"的东西，同时又小于将要"生成"的东西。以往的表述性逻辑不足以处理这种纯粹的生成，而需要一种关于纯粹"事件"（events）的逻辑，生发"意义的逻辑"（logic of sense）。德勒兹了解到，自柏拉图以来，哲学就试图解释事件，说明变化、变形和生成的原理，而事实上，从斯多噶时代起，事件和生成的关系就得以确定下来，人们就懂得思考生成就是思考事件。事件是由身体（body）引起的；而身体及其属性，身体性混合和非身体性事件，都存在于当下现实之中，影响着其他身体，促成了其他身体的新的混合。然而，身体不仅促成了实际发生的事件，它们还促成了虚拟的"事件"。这些虚拟的"事件"反过来又对身体发生一种"准因果式的影响"。就本体差异（ontological difference）而言，"事件"绝不是当下正在发生的情况，而总是已经发生过的或将要发生的情况。所以，"事件"总是逃避现在，总是通过这种逃避证实过去和未来。"事件"不表示本质或属性，而代表力（force）、强度（intensities）和行动（action）。"事件"并非先于身体而存在，而是固存于、持存于、寄存于身体之中。此外，"事件"并不发生于主体，而先于主体和个体而存在。"事件"并不构成主体，而分解主体，事先设定一个意志，以便在事物状态（state of things）中寻求"事件"的永恒真谛。由此，实际事件中固存的虚拟事件（virtual events）就是所思想、所意识的东西。我们要在生活中体现价值，就必须时刻意识同时既是差异又是同一性的东西，把平庸升华为卓越，让伤口趋向愈合，用战争消灭战争，以死亡抵抗死亡，通过重复走向自由。

德勒兹终其一生探讨"哲学是什么"的问题，并且始终自诩为哲学家。在他和瓜塔里看来，哲学不是探讨真理或关于真理的一门学问，而充其量是一个自我指涉（self-referential）的过程，是创造概念的一个学科，它的主要任务是创造、梳理、重新安排视角。世界是存在于概念中并通过概念向我们显示的，所以，从事哲学研究就是借助概念重新审视世界，开创看待世界的新视角。

哲学创造的概念（concepts）不同于它提出的命题（propositions），命题是用于争论的单位，构成命题的词语组合都遵循一定的规则。虽然组合的数量可能是无限的，但单个词在任何两个组合中的重复都必然保持其语义上的独立性，正如任何不同组合中的句法结构都相对不变一样。在命题中，自我认同的词语单位根据不变的规则进行各种不同的组合，构成了由常量（constants）所控制的独立的变量（variants），或然性或新的可能性就是由这些变量的聚合（convergence）生发出来的。但这些可能性所指代的事物状态是外在于命题及其表述的。命题与事物状态，其各自的构成因素，必须是相互一致的：一个名词之于一个物，就如同一个命题之于一种事物状态一样。这就是说，同时存在着一种物的语法（grammar of things）和一种词的语法（grammar of words），这两种语法形成了一对一的对应。各个构成因素在一个层面上的关系反映它们在另一个层面上将要获得的关系；物的系统与词的系统处于类比的关系中，而逻辑就是对这种类比的规训和整理，最终促成了再现（representation）。但物与词何以建立起这种类比或对应关系呢？又用什么方法或标准来衡量这种关系呢？经验的方法是根据物在经验中呈现的秩序把表达与其指涉一致起来，其结果是一种对应的思想秩序。超验的方法认为物的呈现与外在于经验的一个基础的主体秩序相一致，因此，特定的现存主体决定着其有限的反映。在这两种情况下，基础（foundation）相似于它所建立的东西，而这种相似就是重复。在这个意义上，命题就是对重复的规范化。

但在德勒兹的理论中没有反映，没有一致性或对应性，因此也就没有再现性。所有这些，连同命题中的变量，常量，指代，类比，再现，可能性，相似性，经验的标准，超验的标准，基础与重复，都是思想的映像（images），都是他的概念予以攻击的对象。那么，他所说的概念究竟是什么呢？概括起来，他的概念有三个相互交叉的基本特点：首先，概念与其他概念相交织，无论是在自身的领域内，还是在周围相关的领域内，概念都是由其他概念所定义的。在这个意义上，哲学和哲学研究的对象都是一种理论实践，都是概念的实践，必须根据它所介入的其他实践加以判断。其次，概念的构成因素之间固有一种统一性，这是概念的限定性条件。当异质性因素（heterogeneous elements）聚集于一个整体，而这个整体与这些构成因素既相互区别又不可分离时，概念的统一性或一致性就发生了。最后，概念具有一种集约性（intensive nature），它既不是普遍的，也不是特殊的，而是一个纯粹简单的具有特性的力，每当跨越一个概念场域（conceptual field）时，这个力都对那个场域的其他因素和概念发生作用，回荡着震撼的颤音。

按此理解，概念就不是传统意义上的再现；它活动于其中的"场域"（field）也不是单个领域，而是一个"平面"（plane）；它既是逻辑的，政治的，也是审美的，而概念就是这个"场域"上的一个"点"（point），与场域上的所有其他变量相共存，没有固定的指向，而具有从一个层面向另一个层面跳跃的潜势。这个场域上各个变量之间的界线是模糊的，这意味着独立的变量已经不存在了；变量之间已经相互不可分离了，而处于一种奇怪的共存但又可区别的状态之中。可以说，这样的"点"是非线性时间中的"时刻"（moments），是无界线空间里的"褶子"（folds），它们只能在自身之内或向自身之外展开。这样的"点"不仅与其他"点"相区别，而且自身包含着差异的构成因素，是差异的极端表现。它们构成了纯粹内在性的"场域"，在这个"场域"上只有变量，没有常量，所以，这些"点"是运动的，变化的，生成的。显然，概念绝不是给物贴上的标签或命名，概念决定思维的取向。而要理解思维是什么，我们不应该仅只撷取日常生活的资料，通过推演而从中得出结论，而要寻找极端的思维形式，如艺术、哲学和科学。哲学概念不同于日常生活语言中的概念，正如艺术和电影不同于日常生活经验一样。

概念不是命题，但这不等于说概念不能转化成命题。从构成上说，德勒兹的"概念"并不是稳定不变的。首先，它的内在逻辑并不是命题式逻辑（propositional logic），不是一对一地对应和有序的序列，因此不局限于线性发展，这样，其总体格局就是不可预测的。一个概念可以从一个场域跳到另一个场域，从一本书跳到另一本书，有时竟是巨大的跳跃，甚至消失在视界之外，在若干年或若干书之后才重现。但每一次重现（只要重现的话）都必然创造一组新的与自身和与其他概念的关系，这就是说，概念本身不但可以移入新的环境，而且可以加快建造新环境的速度，从而跨越遗传谱系和学科界线。其次，移入新环境的概念自然成了它所指的那个环境的标志，与那个环境的各种因素处于对应的关系中，或用来指称那个环境与其他环境的关系，因此自动地、无法察觉地转化为命题。这就是德勒兹式的概念能够生产变量、必然要"生成他者"（becoming-other）的内在原理。

从本质上说，德勒兹的哲学是关于生成的本体论。用以说明这种"生成学说"的具体例子是"块茎"概念，或"块茎思想"。"块茎"是德勒兹最重要的概念之一，是其独树一帜的语言风格（善用比喻）的重要标识之一，也是他和瓜塔里所采用的重要论证方法之一。"块茎"是一种植物，但不是在土壤里生芽、像树一样向下扎根的根状植物。相反，"块茎"没有"基础"，不固定在某一特定的地点。"块茎"在地表上蔓延，扎下临时的而非永久的根，并借此生成新的"块茎"，然后继续蔓延。如同马铃薯或黑刺梅树一样，一旦砍去了地上的秧苗，剩下的就只有"球状块茎"了。一个"球状块茎"就是一个"点"，"点"的链接就是这种生长过程的结果，这个生长过程也就是德勒兹所说的"生成"。"生成"是一个运动过程。生成不是由事物状态决定的，并不"根植于"确定的事物状态之中，它不提出"你将生成什么"的问题，因此也不涉及模仿或再现，因为思想并不构成对经验世界的再现，而构成与经验世界的"块茎"生长过程。

就方法论而言，"块茎"与传统的解释、阐释和分析模式毫无关系：德勒兹和瓜塔里拒斥语言学、文学批评和符号学模式的专制，因为它们都试图寻找表层隐蔽的深度，都试图在表象的背后挖掘出一个终极存在或此在（ultimate being or presence），也正因如此，德勒兹和瓜塔里才开始了重读整个西方思想传统的浩瀚工程。他们所感兴趣的恰恰是从未隐藏过的关系，不是文本与其意义之间的关系，而是一个文本与其他客体、一个文本与其外部的关系。他们从不追问一本书是什么，能指和所指的意义是什么，所要理解的内容是什么。相反，他们追问一本书的功能是什么（见福柯的作者功能），与它所传达或不传达的强力是什么关系，它进入了怎样的繁殖，又引起了哪些自身的变形，最后，它又是怎样与"无器官身体"达到聚合的。一本书为一个外部而存在；一本书就是一台文学机器；批评家（读者）的任务就是要弄清这台文学机器与战争机器、爱情机器、革命机器等的关系是什么。

毋宁说，写作不是意指活动，而是对现状甚至对未来进行的勘察和图绘。文本的意义，它讲述的内容，它的内在结构，以及用以阐释它的方法，现在都不重要了，重要的是它的功能，它与外部的关系（包括读者、作者、文学和非文学的语境）。"块茎"结构不同于树状结构（arborescent structure）和根状结构（rhizomic structure）：树状结构用来比喻线性的、循序渐进的、有序的系统；根状结构假定一种隐藏的或潜在的统一性，尽管表面上看起来是无中心的、非统一的。然而，"块茎"结构既是地下的，同时又是一个完全显露于地表的多元网络，由根茎和枝条构成；它没有中轴，没有统一的源点，没有固定的生长取向，而只有一个多产的、无序的、多样化的生长系统。

总起来说，"块茎"基于关系，把各种各样的碎片聚拢起来；"块茎"基于异质性，把各种各样的领域、平面、维度、功能、效果、目标和目的归总起来；"块茎"基于繁殖，但不是个性的繁殖，不是"一"的繁殖，也不是同一性的重复（见德里达的差异性重复），而是真正的多产过程；"块茎"基于断裂，"块茎"结构中的每一个关系都可随时切断或割裂，从而创造新的"块茎"或新的关系；最后，"块茎"基于图绘，不是追踪复制，不是制造模式或建构范式，而是制造地图或实验。这种"块茎思想"与阐释学、精神分析学和符号学是格格不入的，因为它不探讨潜在的或隐蔽的深度，而是注重实用的方面：何以让文本、概念、主体发挥作用，创造新的关系。在这个意义上，"块茎思想"就是一种实用哲学。

作为一种实用哲学，"块茎思想"实际上导致了力的重新组合，不同因素在这种组合中协同作用，促成了一种新的统一。在"人－马－蹬"的组合中，人不再是孤立的人，而是与马构成了一种新的人马共生的关系，一种新的战争组合。在这种关系中，人和马发生了同样的变化，即"生成异类"的变化。这种生成是不可感知的，察觉不出来的，因为我们实际看到的世界包含着虚拟的成分，如人眼看到的色彩实际上是光的流动，而色盲看到的实际光波却又是单色的，因此，感知的实际形式衍生于较复杂的纯粹差异的流动。在德勒兹看来，生命就是从这种纯粹差异的流动开始的。这种纯粹的差异是生成的冲动，是要区别于他者的倾向。人类生存的世界，人类所能感知得到的存在，就是这种生成流动的"收缩"，而每一次收缩都有其自身的"绵延"。

　　然而，我们在大部分情况下都感知不到生成，我们所感知的只是一个超验世界，或一个由外部事物构成的世界；只有通过艺术，我们才能感知感性本身所遗漏的东西，感知从时间流动的差异中产生的事件，感知艺术所呈现的特性，即"生成不可感知的东西"（becoming-imperceptible）。这种"生成"和"生成女人"（becoming-woman）是德勒兹和瓜塔里著作中争议最大的一个概念。它的场所是无器官身体，无器官身体大体上有两种：一种是空虚的无器官身体，如瘾君子、受虐狂、疑病症患者；另一种是充实的无器官身体，这是强力得以流通的地方，是权力、能量、生产得以发生的地方。无器官身体有别于身体组织，后者是单一的、统一的、有机的、心理的整体。据此，主体被分成克分子的和分子的，少数的和多数的。无器官身体，即便空虚的无器官身体，也从不拒绝生成。生成总是分子的，它穿越和重新排列克分子"整体"（如阶级、种族、性别的划分），开拓一条"道路"，让能量从这些"整体"内部泄露出来。

　　这样的"道路"或称"逃逸线"共有三条：第一条是严格切分的路线，称作"分层"或克分子路线，它通过二元对立的符码对社会关系加以划分、编序、分等和调整，造成了性别、种族和阶级的对立，把现实分成了主体与客体。第二条是流动性较强的分子路线，它越过克分子的严格限制而构成关系网络，图绘生成、变化、运动和重组的过程。第三条与分子路线并没有清晰的界限，但较之更具有游牧性质，它越过特定的界限而到达事先未知的目的地，造成"逃逸线"、突变，甚至量的飞跃。

　　这些"道路"指的是从同一性的"逃逸"，其中最重要的是生成动物（becoming-animal），亚哈船长生成鲸，威拉德生成鼠，汉斯生成马，狼人生成狼：这些都不是基于人类对动物的模仿，不是基于人类与动物的想象，更不是对动物行为的效仿，或用动物能力再现主体的想象或精神意念。生成，尤其是生成动物，涉及起中介作用的第三个条件，它既不是人类，也不是动物，而是与主体相关的其他事物：它可能是各种各样的东西，但多多少少要与所论的动物有某种关系（如动物的食物），或与其他动物的外在关系，或与主体用来控制动物的工具，或与所论动物的某种说不清的关系。

对德勒兹和瓜塔里来说，生成动物不仅仅是精神分析学的问题，而是关于感知和生成的一种新的思维方式。弗洛伊德可以从俄狄浦斯的视角把人类生命归结为对死亡的欲望，或向童年时代甚或原始场面的回归。弗洛伊德之后的欲望心理学也都把欲望解释为对所缺乏的、所丢失的或生命不可企及的东西的欲求和占有。德勒兹和瓜塔里并不把欲望与生命对立起来，生命就是欲望；欲望是生命通过创造和改造的扩展。因此，生成动物不是存在或拥有，不是要达到动物的某种状态（力量或天真），也不是要变成动物。生成动物是对动物运动、动物感知、动物生成的一种感觉：亚哈追捕白鲸并非出于某种特殊的商业赢利目的，也不是要证明他能战胜白鲸的英雄气魄和胆量，而恰恰是因为他为白鲸的反常性格——不可捉摸和人类无法理解的性格所吸引，这样，白鲸就成了"漂浮的能指"（floating signifier），代表着阻碍终极意义或终极理解的任何东西。在文学中，我们不必非得把动物看作是象征，非得解释它们的象征意义，如白鲸象征着大自然的力量，卡夫卡的甲虫象征着人类的扭曲和变形等等，而可以根据动物生成的概念从动物身上找到新的认知方式。

第三条较具游牧性质的"逃逸线"是从封闭的、等级的思想独裁的逃离，从独裁的符号系统强行的意义等级制的逃离，因此也是从作为"条纹空间"（striated space）或"网格空间"（grid space）的社会和文化现实的逃离，继而把思想带入一个"平滑空间"（smooth space），一个不是由意义的等级制而是由多元性决定的王国。德勒兹和瓜塔里的游牧思想就是从事这种"逃逸"的。

在德勒兹和瓜塔里看来，思想独裁主要是由特殊的符号系统造成的。每一个符号系统都是由异质因素构成的一个"个体性"（haecceity），而一个"个体性"就其个体聚合而言又是一个整体，包括气候、风、季节、时间，以及栖居于这些元素中的物、人和动物。人作为主体就是由这些个体性构成的，因此也是由作为意义和意指系统的符号系统所构成的。这样的符号系统主要有三个：第一个是"前意指符号"（pre-signifying signs）系统，它是多元的，多声部的，能防止普遍的暴政；第二个是"对抗意指符号"（counter-signifying signs）系统，它在性质上是游牧的；第三个是"后意指符号"（post-signifying signs）系统，它是主体得以构成的主体化过程。这三个系统可以混合起来，但由于它们与特定的组合相关，所以往往只有一个系统占主导。

　　此外，德勒兹和瓜塔里还区别了"偏执式的意指符号"和"情感的、主观的、独裁的后意指符号"，除运动的力度和方向不同外，这两种符号都是虚幻的，都是疯癫的表现。"偏执式的意指符号"始于概念，由"围绕思想而组织起来的"力发展而来，因此是力的内化，并以此为基础来阐释世界。"独裁的后意指符号"是外力作用的结果，是以情感而非概念为表现的，而且与犹太教的历史遗产密切相关：犹太人逃离古埃及的奴役，进入荒漠，也就是向游牧生活方式的一次逃遁。但不幸的是，这种游牧因素后来被情感主观符号系统的独裁主义吞噬了。

　　真正的游牧符号系统（nomadic sign system）是对抗意指符号系统的，这些意指符号包括希伯来文化的独裁主义，以及像国家机器这样的统治机器。游牧就是生成。游牧的目的就是为了摆脱严格的符号限制。犹太人为了摆脱古埃及的限制而走上了游牧逃亡路线。德勒兹说，游牧生活犹如幕间曲，它肯定"中间"，高扬"生成"，否定一切关于起源的思想，并向一切抑制系统开动"战争机器"。游牧思想是一种反思想（anti-thought），它反对理性，推崇多元。它推翻"我思"，旨在建立一种外部思维。它攻击总体性，欲变思想为"战争机器"。它抵制普遍的思维主体，结盟于特殊的个别种族。它不寄寓于有序的内在性，而是在外在元素中自由运动；它不依赖于骄横的同一性，驾驭着差异的烈马在旷野上任意驰骋；它不尊崇人为划分的主体、概念和存在这三个再现范畴，而用无限界的传导活动取代机械的类比。

游牧思想的空间不同于国家的空间，二者的关系就如同空气之于地球。国家空间（state space）是"条纹状的""网格式的"，其中的运动要受水平面引力的限制，因此只能在固定的"点"之间运行。游牧空间（nomadic space）是平滑的，开放的，其中的运动可以从任何一点跳到另一点，其分配模式是在开放空间里排列自身的"诺摩斯"（Nomos），而不是在封闭空间里构筑战壕的"逻各斯"。由此而引申开来的游牧艺术（nomadic arts）、游牧科学（nomadic science），也不同于皇家艺术（royal arts）、皇家科学（royal science），游牧艺术利用物质和力，而不是质料和形式。皇家艺术借助不变的形式确立常量，规训和控制沉默而野性的质料；相反，游牧艺术试图把变量置于永久变化的状态之中。皇家艺术采取的是质料－形式模式，把形式强加于位于次要地位的质料之上；游牧艺术从不事先准备质料，以使其随时接受某种强制性的形式，而是用众多相关的特性构成内容的形式，构成表达的质料。

　　思想的平滑空间，思想的游牧式巡回，说到底也就是斯宾诺莎的"伦理学"，尼采的"快乐的科学"，阿尔托的"戴皇冠的无政府"，布朗肖的"文学空间"，以及福柯的"外部思想"。这至少说明了游牧思想可以呈现多种形式，就德勒兹和瓜塔里自己的看法，最平滑的平滑空间不是文学，不是哲学，而是数学和音乐。这等于说，任何人都可以成为哲学家和思想家，只要能打破成规，突破旧俗，挖掘出自己所用媒介的潜力，跨越挡在面前的一座座高原。

11

帕 顿：

后现代哲学 / 社会理论辨析[1]

　　"后现代主义，就如它自身所指一样，是一个不确定的概念，同时也拒绝简单的定义，任何想要简单地给出完整清晰之界定的尝试最终都是不完整的、模糊的，甚或是矛盾的。"[2]

　　"后现代主义"一词于 20 世纪 60 年代首先在西方艺术、建筑和文学领域中得以使用，主要指这些领域反叛现代主义的态度和策略。在中国，《国外文艺》于 1981 年第六期首次刊登汤永宽的一篇译文——《展望后期现代主义》，主要阐述后现代主义文学与现代主义文学的关系，该文作者是诺丁汉大学文学批评家艾伦·罗德威（Allan Rodway）。1982 年《国外社会科学》第 11 期刊登了袁可嘉先生的《关于后现代主义思潮》，文章认为"后现代主义"是 20 世纪 60 年代以来美国和西方思想界和理论界热议的一个话题，但对于它将来是否会成为一个独立的思潮，仍然

---

〔1〕 Paul Patton, *Postmodernism: Philosophical Aspects*, in Neil J. Smelser and Paul B. Baltes, eds., International Encyclopedia of the Social and Behavioral Sciences, 2ed Edition, Vol. 18. pp. 684—89。为展现后现代哲学和社会理论之概貌，应编著者之请，帕顿先生亲自为本书提供此文。

〔2〕 同上。

表示怀疑。袁可嘉先生当时的怀疑并不是没有道理，因为直到目前为止，人们对后现代主义所涉及的方方面面，一旦较起真来，仍然莫衷一是，众说纷纭，甚至不敢肯定其存在的理由，这足以证明"后现代主义"一词的开放性、矛盾性和不确定性，而这又足以成为我们对其加以澄清和尝试界定的理由。由于话题的限定，本文主要呈现保罗·帕顿关于后现代主义哲学话语和社会理论的讨论，而其关于文学、建筑、艺术等相关发展的论述也仅只服务于后现代哲学和社会理论的讨论。

据帕顿的概述，后现代主义哲学和社会理论于 20 世纪 80 年代初由利奥塔和罗蒂提出，最初与"再现性危机"相关。所谓"再现性危机"指的是抛弃启蒙运动确立的现代思想中理性、价值和进步论，取而代之的是强调差异性、多样性、矛盾性和进步的缺场。在进入帕顿的概述之前，我们先来熟悉一下他所论话题的背景，以汉斯·博顿(Hans Bertens)的《后现代思想史》[1]为例。

汉斯·博坦是荷兰乌特勒支大学美国学教授，在后现代批评刚刚出现的时候被公认为是后现代主义这一现象的最敏锐的观察家和评判者。他敏锐地意识到"后现代主义"一词所包含的矛盾性，因此对"高潮现代主义"和"后现代主义"之间几个关键领域进行了深入研究。包括术语的优先性和不确定性问题、作为社会状态的后现代性与作为一场目的高度明确之运动的后现代主义，其代表性理论家有罗蒂、利奥塔、鲍德里亚和琳达·哈钦等。博坦首先把后现代的语义场(semantic field)与 20 世纪 60 年代和 70 年代出现的一系列意义形式区别开来，其中包括现代主义与反现代主义，存在主义，先锋运动，最后是解构主义。在博坦看来，这场语义分化运动中的主要人物是伊哈布·哈桑和威廉·斯帕诺，但他们后来都退出了关于后现代主义的争论，原因不得而知。在建筑和艺术领域，关键人物是罗伯特·文图里和查尔斯·詹

[1] Hans Bertens, *The Idea of the Postmodern*: *A History*. Routledge, London. 1995。

克斯。接着他概述了 20 世纪 80 年代之前的文化政治争论，但这场争论很快就被后现代主义话语淹没了。

就后现代主义术语的不确定性，博坦令人信服地指出，在 20 世纪 70 年代之前，现代绘画就早已抛弃了再现或叙事为艺术本质的观点。后现代主义显然反对现代主义绘画自反式的形式实验，而重返再现与叙事。同样，后现代主义建筑也拒绝战后国际风格的形式主义而重新倡导本土和历史风格。对比之下，文学的后现代主义至少在某些方面是朝着反方向发展的，即脱离再现和叙事而趋于一种激进的自反性。据此，博坦总结说："后现代主义要么是现代主义内部自反性的激进化，脱离叙事和再现，要么是明显地回归叙事和再现，有时二者皆然。"

何以产生这种不确定性？博坦认为有几个理由。首先，后现代主义被认为是一场文化运动，是与浪漫主义、实证主义和结构主义同时发生的，因此，与这些运动一样，它也采取了多种不同的审美和认识策略。其次，后现代主义的评论家们和使用者们并不确知它是一个时间概念还是一个空间概念。在艺术领域，该词的前缀"post-"和使用方式说明它是一个时间概念，而就时间来说，后现代时期指的是 1860 年代到 1980 年代之间这个时期。而即使在时间概念上，论者们也常常意见不一。有些理论家认为艺术和文化中的后现代主义仅仅是现代时期已经出现的一些具有倾向性的激进化。利奥塔就认为后现代绘画是"表现不可表现之物"之努力的不断尝试。根据这一说法，安伯托·艾柯认为不应该按年代顺序定义后现代主义，而应该将其看作"一个理想范畴"，或"一种操作方式"。每一个时代都有其后现代主义，正如每一个时代都有其自己的风格一样。最后，后现代主义这个概念往往与其他相关概念纠缠在一起，如现代性、后现代性、现代主义、后结构主义和解构主义。这些概念的意义往往是不确定的，因此，对后现代主义的理解必然受到这些特殊概念的特殊意义的束缚，关于后现代主义的任何讨论都必然声称该术语在语义上是不清晰的。正如伊格尔顿所说："后现代主义……既是激进的又是保守的。发达资本主义社会的一个明显特点就是，这些社会既是自由主义的又是权威主义的，既是享乐主义的又是压抑的，既是多元的又是单一的。"而造成这种矛盾性的原因则是其市场逻辑："快感与多元性的逻辑，短暂和非连续性的逻辑，某种失去中心的巨大欲望之网的逻辑。"[1]帕顿的概述就是以现代性与后现代性、现代主义与后现代主义、结构主义与后结构主义及其相关概念为主导的。

现代性与现代主义

帕顿认为，要了解后现代和后现代主义首先必须了解现代性和现代主义。如果说现代主义是对欧洲 19 世纪现代化进程的回应，那么，后现代主义就是 20 世纪末重建晚期资本主义的结果。一般认为，欧洲现代化从 18 世纪中叶开始，到 20 世纪中叶完成，这一时期目睹了工业基础结构和生产工具的发展，包括铁路、汽车、航空运输、电力和电话 – 电传交流。此期间也目睹了城市的发展，公立学校的普及，医院和监狱的建立，以及管理社会生活的官僚和理性机制的建立。这些都被包括在现代性发展之内。"现代主义"则指包含翻新和变化在内的一种艺术感性。最初，现代主义是对新时期生活的一种肯定。作为一个现代人就是要以实际行动革新自我、革新艺术生产方式。到 19 世纪末和 20 世纪初，现代主义则发展为对不同艺术形式和风格的实验，即文学、音乐和视觉艺术中的先锋主义。

关于现代主义后期即晚期资本主义的发展，帕顿提到了美国学者弗雷德里克·詹姆逊和大卫·哈维，他们都认为晚期资本主义的重建和全球化发展导致了一种后现代文化的出现，并在二者之间看到了一种平行的发展。[2]

---

〔1〕 伊格尔顿：《后现代主义的幻象》，华明译，商务印书馆，2000 年，第 149 页。

〔2〕 F. Jameson; *Postmodernism, or, the Cultural Logic of Late Capitalism*, Duke University Press, Durham, NC. 1991；David Harvey, *The Condition of Postmodernity*: *An Enquiry into the Origins of Cultural Change*, Blackwell, Oxford, UK.

他们认为技术、城市空间和消费形式的变化为一种新的自我与他者的经验模式的出现创造了条件。尤其是新的电子通信技术导致的社会空间和时间的"压缩"在一种新的文化感性中反映出来。正如现代化打破了传统的生活和思维方式，并常常与一种悲剧性的丧失感联系起来一样，后现代主义的理论家们也认为 20 世纪末我们在时空经验方面的变化也令我们产生了一种无家可归的感觉。詹姆逊就对后现代性的文化经验持否定态度，认为飞速发展的后现代城市空间使个体丧失了在空间中给自己定位的能力，丧失了在一个可图绘的外部世界上从视觉和认知两方面组织周围环境的能力，因而不能充分维持自我感和历史感。在这个意义上，在面对复杂断裂的社会空间时，后现代性就被体验为无能，又由于切断了与过去和未来的联系而失去了方向感，结果导致了主体性的碎片化和分裂症，以至于对过去的艺术和文化形式进行毫无情感的重复或"空洞戏仿"。

结构主义与后结构主义

后结构主义是一个很难定义的术语，常常与其相近的术语后现代主义相混淆。实际上，有些批评家认为，后现代主义已经通过一些既定用法把后结构主义囊括了进来。然而，就其理论研究对象而言，我们仍然可以对二者加以区别：即，后结构主义以"结构主义"为研究对象；后现代主义以"现代主义"为研究对象。

后结构主义是一种思维方式，一种哲学化的风格，一种书写形式，但不能用来表达同质性、单一性和统一性。也就是说，即使在"后结构主义"这个名目之下，各种理论也不是单一的，而是呈现多元性、异质性和跨越性。就哲学渊源而言，后结构主义缘起于法国，但作为一种理论实践，它又是美国的，明白一点说，就是法国的思想被贩运到美国，进而同化了人文学领域中的各种理论。又由于语言（英语）和文化霸权的作用，美国的这种理论实践则又波及各个英语国家。

一般而言，英语国家的学术团体用"后结构主义"描述对结构主义的一种独特的哲学反应，其对象包括人类学界的克劳德·列维－斯特劳斯，马克思主义阵营的路易·阿尔都塞，精神分析学领域的雅克·拉康，和文学领域的罗兰·巴特。[1]当代德国哲学家曼弗雷德·弗兰克[2]喜欢用"新结构主义"（neo-structuralism）代替"后结构主义"，强调其与"结构主义"的连续性。约翰·斯塔罗克[3]也一样，聚焦于"后结构主义者"德里达，称其为"结构主义所曾有过的分量最重、最敏锐的批评家"，认为"后结构主义"中的"后"是"以正确的方向追随和寻求发展结构主义"。"后结构主义是从内部进行的结构主义批判，也就是说，它用结构主义的一些观点抨击结构主义，直接指向结构主义者们所忽视的一些矛盾的基本方法。"（137页）理查德·哈兰德[4]则生造了"超结构主义"（superstructuralism）一词以涵盖"结构主义者、后结构主义者、阿尔都塞式马克思主义者、拉康学派、福柯学派等"。[5]而不论是"后结构主义""新结构主义"还是"超结构主义"，其核心都可说是临近于"结构主义"的一场理论的、历史的和制度性的运动。但后结构主义不能简单地归结为一些共享的前提、方法、理论，甚或学派。它是一场思想运动，各种思想相互交织的一场运动，体现了不同形式的批评实践。它无疑是跨学科的，有许多不同但却相关的线索。

于是，我们可以把后结构主义解释为对结构主义之公认的科学地位——作为社会科学之元范式地位的一种哲学反应，同时也是受尼采、海德格尔等

---

[1] Gadet, F. *Saussure and Contemporary Culture*, trans. G. Elliot, London: Hutchinson, 1989.

[2] Manfred Frank, *What Is Neo-Structuralism*? Trans. S. Wilke R. Gray; foreword by M. Schwab, Minneapolis: University of Minnesota Press, 1988.

[3] John Sturrock, *Structuralism,* London, Paladin, 1986.

[4] Richard Harland, *Superstructuralism: The Philosophy of Structuralism and Post-Structuralism*, London and New York: Metheun, 1987.

[5] Richard Harland，*Beyond Superstructuralism: The Syntagmatic Side of Language*, London: Routledge, 1993.

哲学家的启发而开展的一场运动，以去除结构主义之各种"结构"、系统性和中心（科学），批判其形而上学的基础，并向许多不同的方向发展，同时，保留结构主义对人文主义主体进行批判的核心因素。其主要的理论倾向和翻新可以归结为与结构主义的下列异同。

结构主义与后结构主义之间的亲和点主要体现为：

1. 对文艺复兴人文主义哲学和理性、自治、自明的人文主义思想主体的批判[1]。质疑现象学和存在主义对人的意识的高扬，如把人的意识视为自治的、直接可触的，是历史阐释、理解和行动的唯一基础等。

2. 根据语言和象征系统普遍从理论上理解语言和文化。语言中各组成因素之间的相互关系比其相互间的孤立更重要。结构主义和后结构主义都采纳索绪尔的观点——基于索绪尔颇有洞见的新方法——语言符号之间依其关系而非指涉发生作用。

3. 普遍相信无意识和隐形结构或社会历史中的力，这些力在很大程度上压制和控制我们的行为。结构主义和后结构主义的很多新观点都直接源自弗洛伊德对无意识的研究和临床实验，后者颠覆了流行的注重主体纯粹理性和自明性的哲学观，取而代之的是主体的极端复杂性，质疑传统理性/非理性的二元区分。

4. 基于索绪尔、雅各布森、俄国形式主义、弗洛伊德和马克思等思想家的思想传承。这一共享的思想传承有许多分支，其中之一是欧洲形式主义，开始于俄国革命前的俄罗斯、日内瓦和耶拿，在语言学、诗学、艺术、科学和文学几个领域同时发展。

结构主义与后结构主义之间的差异点主要体现为：

1. 在对待历史的态度上。结构主义致力于通过对结构的共时分析抹除历史，而后结构主义则重新启用历史，侧重历史分析，侧重结构的变异、形

---

[1] Foucualt, *The Archaeology of Knowledge*, *The Discourse on Language*, 1972.

变和断裂，并侧重序列化、差异性重复的"考古学"。最重要的或许是福柯对尼采的继承，即谱系学[1]。谱系学是一种历史分析形式，通过各种技术探讨价值的形成和结构，包括对词源学和概念的细察。谱系学叙事取代了本体论叙事，或者说殊途同归，即以不同的方式表达相同的思想，本体论的诸问题都被历史化了。

2. 在对科学的态度上。挑战人文学科中科学至上主义，认识论上的反基础主义，在阐释学方面侧重透视主义。后结构主义挑战结构主义从实证主义哲学那里继承来的理性主义和现实主义，包括结构主义对科学方法、以及对结构主义方法的普罗米修斯式的信任，即要识别和认同一切结构和人类精神的普遍结构。

3. 在对待尼采哲学的态度上。后结构主义重新发现作为"最后一个形而上学家"的尼采。尼采的著作提供了一种新的理论阐释模式，构建了权力和欲望在人类主体的构成和自律方面的话语运作。海德格尔在 1961 年完成的多卷本的《尼采》中集中论述了《权力意志》（以注释集成、尼采的妹妹在尼采死后将其发表），把尼采视为最后一个形而上学家。德里达采纳海德格尔的"还原式"阐释，把海德格尔对西方形而上学史的"拆毁"（destruction）转译为"解构"（deconstruction）。"解构"这个术语主要因德里达而流行起来，是一种阅读和书写实践，一种分析和批评模式，倚重对风格问题的阐释。在这方面，德里达遵循尼采 – 海德格尔的思想路线，驳斥西方形而上学的源头圣保罗、从圣保罗到康德的柏拉图主义、穆勒和马克思。海德格尔仍然把尼采视为一种反向的柏拉图主义的最后一条路线，与权力意志哲学相关，并把自己视为第一个真正的后形而上学思想家，德里达则既承认海德格尔对他的影响，但又在海德格尔的存在（being）观念中看到了形而上学的

---

〔1〕 Nietzsche, *On the Genealogy of Morals*, New York: Vintage, 1967；Foucault, *Nietzsche, Genealogy, History*, in: D. F. Bouchard and S. Simon, eds. *Language, Counter–Memory, Practice*: *Selected Essays and Interviews*, Ithaca, NY: Cornell University Press, 1977.

残余和怀旧的痕迹。他赞同海德格尔的说法，即哲学最重要的任务是挣脱西方哲学的"逻各斯中心主义"，即自在性、直觉性、单义性，它遮蔽了我们的视觉，在西方文化中展露出虚无主义的冲动。然而，"挣脱"并不意味着对形而上学的征服。解构取代了一种聚焦文本以表达不可表达之物的批评实践。这种取代并不是试图逃避语言的形而上性质，而是要揭示并破坏这种性质：通过固着于文本的偶然特征来颠覆其本质信息，通过排除其修辞因素来破解其语法结构。海德格尔的策略是超越"人"，但在德里达这里不起作用：德里达认为所需要的是"风格的改变"〔1〕。不确定性（undecidability）恰恰发生于决策（decision）的时刻，而决策的时刻也可能是疯癫的时刻，因为每一个决策都跨越先前为这个决策所做的一切准备，跨越刻意的推理，跨越自治的主体对所论问题的所有反思，这样，一种内在决定就必然唤起主体所无法控制的外在因素。因此，一切决策都是一种伦理选择，都是推延、拖延和犹豫不决，也正因如此，人们才称"延异"是"犹豫的哲学"。然而，这种"犹豫"恰恰是责任感的体现：真正的责任感一方面要考虑"完全他者"（wholly other）的要求，另一方面还要考虑自身群体的比较普遍的要求。这势必造成一种左右为难的困境（aporia）：满足了特定他者的要求就等于疏远了其他他者和自身群体。因此，左右逢源的决策是没有的，完全合理的决策也是没有的，因为一切决策都固有一种不确定性。"在为一个决策做理论准备的时候，不管你多么小心谨慎，决策的瞬间，如果真有决策的话，都必然是外在于知识积累的。不然就不会有什么责任感。在这个意义上，不仅接受决策的人并非对一切都知情，……而且，决策，如果真有决策的话，也必然趋向于一个未知的未来，一个不可能预测的未来。"〔2〕这样，一个决策在时间的链条上就只能是一个孤立的当下，因为一个决策必然不同于先前

---

〔1〕 见德里达后期论确定性或决策的著作《死亡的礼物》〔1995〕，《解构与正义的可能性》[1992]，《告别伊曼努尔·列维纳斯》〔1999〕和《友谊的政治》〔1997〕。

〔2〕 德里达：《尼采与机器：雅各·德里达访谈》，载《尼采研究杂志》，第7期，1994年。

的准备，又总是能打破未来的预测。

决策的这个时间悖论决定着对他者的责任感的悖论：负责任的行为意味着对一个特定的人（他者）或事业负责，但同时也意味着对所有人（普遍他者）和集体的事业负责。德里达以亚伯拉罕欲杀子燔祭为例说明责任感的悖论。在《创世记》中，上帝要考验亚伯拉罕，拿他的独生儿子以撒做燔祭，亚伯拉罕准备好一切燔祭之物，带着以撒来到指定的山上，但在准备行燔祭之前一直没有告诉儿子。就在他举起刀来要杀儿子的瞬间，天使制止了他，用公羊代替了以撒。在德里达看来，亚伯拉罕一方面对上帝负有道德责任，另一方面又对儿子负有伦理责任，在对上帝尽忠的同时，他似乎没有做到对儿子的尽职，因此，拿儿子燔祭的行为同时既是最道德的，又是最不道德的；是最负责任的，同时又是最不负责任的。此外，他的燔祭之举究竟在多大程度上是出于诚意的，在多大程度上是出于无奈的，这是双重的模棱两可，双重的不确定性，当然也是解构主义的一个限定性特点。但德里达的用意在于说明：我们对特定个人（上帝）的责任感只有在对其他他者（以撒）没有责任感的情况下才有可能。在追求某一特定事业而非其他事业，从事某一特定职业而非其他职业，在与家人一起享受天伦之乐而不去工作的时候，我们必然要为了某一他者而忽视其他他者："我只有在对所有其他他者，对伦理的和政治的普遍性不负责任的时候，才能对某一个人（也就是某一个他者）负责。而且我永远无法证明这种牺牲……把我维系于这个或那个他者的东西是永远无法证明的。"[1]

4. 在对技术的态度上。后结构主义的大部分历史都是阐述海德格尔技术观念或关于其观念的理论发展的。海德格尔的技术哲学相关于他对西方形而上学的批判。技术的本质是poisis，或"使发生"（bring forth），它是以存在之去蔽（aletheia）为基础的。他认为现代技术的本质表明了他所说的

---

〔1〕 Derrida, *The Gift of Death*, University of Chicago Press, 1995, p.70.

enframing（聚置，座架）[1]，揭示其自身的 standing reserve（手头储备），这个概念指的是为消费而储备的资源。既如此，现代技术就为形而上学史的最后阶段（虚无主义）以及存在对这个特殊阶段得以揭示的方式命了名：原则上可以全知的、完全致力于人类应用的储备。他认为技术的本质就在于没有什么是技术的，有的仅仅是一个系统（system；Gestell），一种包容一切的技术观，被描述为一种人类生存模式，它聚焦于机器技术改变我们生存方式的方法，因而扭曲了我们的行为和愿望。海德格尔认为他自己既不是乐观主义者，也不是悲观主义者。他把自己的工作看成是对一个新时代的准备，能使他从虚无主义中解脱出来，使绝对的个人获得权威性。

5. 对启蒙价值的政治批判。后结构主义批判现代自由民主基于一系列二元对立来建构政治同一性的方法，这些二元对立包括：我们/他们、公民/非公民、负责/不负责、合法/不合法等，结果排除了一些人群（groups of people），或将其"他者化"（othering）。西方国家给公民以权利，权利依公民权而定，而把非公民视为移民，寻求庇护的人、难民和"异类"（aliens）。有些后结构主义思想家检验这些界限是如何社会地建构的，又是如何得以维护和维持的。尤其是对包含二元对立和差异哲学的政治价值等级制的解构，多元文化和女性主义的争论，都产生于后结构主义对再现和舆论的批判。

---

[1] "海德格尔认为，思想的使命就在于把握存在的命运所可能泄露的'天机'，这个技术时代的'天机'就是'座架'。任何一个时代特有的去蔽方式总是通过一种会聚的方式支配着该时代，会聚是一种原始的发生，是使去蔽方式得以发生的那种发生。logos 就是原始意义上的'会聚''聚集'。海德格尔认为，技术时代也有它的聚集，那就是'挑起'意义上的'摆置'（stellen）的会聚。摆置的会聚在字面意义上就可以写成 Ge-stell，因为山脉作为群山（Berge）的聚集者是 Gebirg，性情作为情绪（Mut）的聚集者是 Gemut，那么从德文字面上可以把这种技术时代的聚集者称为 Gestell。这个词在德文中本就是一个常用词，指框架、支架、书架、底座等，海德格尔用这个词表示'聚集着的摆置'，可直译成'聚置'，英文译为 Enframing，我们权且译成'座架'。"（《海德格尔的技术之思》，吴国盛译）

6. 对治理术和政治理性的批判。福柯后期论述治理术[1]的著作直接涉及政治理性，致使一大批政治哲学著作的问世。福柯分析自由主义和新自由主义时生造了"治理术"这个术语，认为前者源自对国家理性的批判。福柯用"治理术"指政府管理的手段，标志着一种独特的统治类型的出现，是现代自由政治的基础。他认为"治理术"产生于 16 世纪，是由一系列问题促发而成的：个人的管理（个人行为），灵魂的管理（宗教教义），儿童的管理（学校教育）。大约在同一时期，"经济"进入了政治管理，成为国家管理的一部分。福柯的独特之处在于对权力行使方式的研究，批判了现代国家过度管理的各种倾向，将其简约为基于某种功能的统一化或单一化。福柯和德里达都回归康德的宇宙政治（cosmopolitical），都谈及全球治理，德里达甚至把深化民主、并把新技术的发展视为"未来的民主"[2]。

7. 对差异哲学的高扬。如果有一个因素标志着后结构主义的特征，那就是不同思想家都从不同方面使用和发展差异观。差异观源自尼采、索绪尔和海德格尔。在《尼采与哲学》（1962/1983）中，德勒兹根据差异原则阐释了尼采哲学，以此作为对海德格尔辩证思想的抨击。德里达的差异观至少有两个源头：索绪尔依据差异构建的语言系统，以及海德格尔的差异观。从 1959 年最初提出差异观到 1981 年提出延异说，德里达整整用了 20年。"延异"，如德里达所说[3]，是标志语言之一切立场概念（positional concepts）和一切意指条件的共同之根，不仅指"通过延宕、委托、缓解、指引、迂回、推迟、保留而进行的延迟运动"，而最终也是"差异地展开"，本体 – 实体（ontico-ontological）差异地展开，海德格尔将其命名为存在与

〔1〕 Foucault, governmentality,（two lectures and one interview）in: *The Foucault Effect*: *Studies in Governmentality*, G. Burchell, C. Gordon, and P. Miller, eds. London: Harvster Wheatsheaf, 1991.

〔2〕 Derrida, *Politics of Friendship*, London: Vertso Books, 1977.

〔3〕 Derrida, *Positions*, Chicago: University of Chicago Press, 1981, 8–9.

存在者之间的差异。既如此，"延异"就被看作是为主体设计的语言限制。对比之下，利奥塔发明了 differend 这个术语，以确立话语得以存在的条件："普遍缺乏用于异质性样式之间判断的一个普遍规则"[1]，或"任何对其他样式行使霸权的样式都不是正义的"。如利奥塔明确界定的一个 differend 是（至少）两个政党之间的冲突，由于缺乏可用于双方争论的判断规则，这个冲突不可能公平解决。后结构主义的差异观是反本质主义的，由其与性别和种族的关系而发展起来：美国的女性主义哲学家依瑞斯·马里翁·杨（Iris Marion Young）写过一本《差异的正义和政治学》[2]，非裔美国哲学家康奈尔·韦斯特（Cornel West）也写过一篇文章《差异的新文化政治学》[3]。

8. 对元叙事的质疑。利奥塔把后现代状态界定为后结构主义的一个特征，我们可以称之为对各种超验论述和观点的质疑，同时也拒绝经典描述和终极表达。"对元叙事的质疑"也指对现代时期合法化的质疑，如各种宏大叙事已被提升为国家权力的合法叙事。不存在综合的或中立的主导话语（master discourse），因此也不能导致知识的思辨统一的再生，或在竞争的观点、主张或话语之间进行裁决。20 世纪哲学和社会科学中的"语言学转向"并不保证元语言之中立性或基础认识论的特权。

9. 对权力／知识的诊断和对权力的福柯式分析。对福柯来说，权力是生产性的。它分散于社会制度的各个角落，与知识密切相关。知识也是生产性的，而不是压抑性的，因此也创造新知识。知识分散于各个地方而不是像国家一样位于一个中心；在"知识／权力"的星群中，知识只是一个因素；这意味着，在话语实践的意义上，知识是通过对人口实行权力控制而生成的。福柯是在

---

〔1〕 Lyotard, *The Differend*: *Ohases in Dispute*, Minneapolis: University of Minnesota Press, 1988, 158.

〔2〕 Iris Marion Young, *Justice and the Politics of Difference*, Princeton: Princeton University Press, 1990.

〔3〕 Cornel West, *The new cultural politics of difference*, in: C. West ed. Keeping Faith: Philosophy and Race in America, New York and London: Routledge, 1993.

对监狱和学校等现代机制进行谱系研究后提出这个思想的，认为与这些机制相对应出现的社会科学帮助设计了新的控制方法。

10. 关于全球知识 / 信息 / 社会 / 经济的政治学。后结构主义为教育哲学提供了认识源泉，拆解了目前流行的用于建构全球化新自由主义范式的主导思想，即基于知识和"自由贸易"概念的一个全球经济 / 社会。新的知识生产，全球的知识经济，以及古典的理性、个性和利己主义，都成了知识解构和批判的重要场所。它们也是新概念得以产生或建构的概念场所。

后现代主义与后结构主义

后现代主义哲学家和社会理论家主要指法国思想家：鲍德里亚、德勒兹、德里达、福柯、伊瑞格雷和利奥塔。这些思想家都是在 20 世纪 60 年代末、70 年代初从阿尔都塞、拉康、列维 – 斯特劳斯等人的结构主义中脱颖而出，所以也称为后结构主义者。虽然这些思想家们走的是不同的思想路线，但都拒绝承认理论和概念简单地再现一个先存的现实。对德里达和鲍德里亚来说，这个结论是通过对索绪尔语言理论的激进改造而得出的，即符号的任意性或言语的约定俗成性、意义产生于符号与符号的差异关系之中的学说。对福柯等思想家来说，他们是通过康德和海德格尔的思想得出相同结论的，即语言和思想在建构自己的客体的过程中所起的作用。福柯对康德的思想（认识对象是由控制话语的基本规律决定的）进行历史化研究后得出结论，即"真理"获得了历史，因此不再可能用某一独立的现实来衡量了。

就真理而言，福柯等人的著作的确暗示了某种形式的历史相对论，但他们却过分渲染了这一结论，因而也暗示着人们不愿承认的"再现危机"在广义上说就是我们对真实世界之再现能力的丧失。这里，后结构主义认识论所质疑的不是再现现实的能力，而是德勒兹所说的"再现性的思想形象"。构成这种"再现性的思想形象"的最有影响的哲学思想认为，思想与真理具有"亲和性"，思想本质上就是寻求真理，思想的一切准备都是为了真实地再现世界。

对德勒兹如同对海德格尔一样，思想的最高表达不是识别或再现，而是创造：思想只有在迫于创造或致力于创造时才思想，即在面对给出思考理由的对象时，或面对不得不思考的对象时，必须要思考的对象就好比不可思考的或尚未思考的，也就是"我们尚未思考的"永恒现实。

海德格尔后期研究中的转向语言（turn to language）与分析哲学中的语言学转向（linguistic turn）是平行的，都是受维特根斯坦死后发表的《哲学研究》的启发。这两股哲学倾向在罗蒂的新实用主义哲学中汇流。对罗蒂来说，后现代主义哲学的核心是抛弃真理对应论，抛弃"真理与现实实为一体"的"神学形而上学信仰"。福柯的谱系学研究并非如此全盘否定，认为社会科学中认为是真理的东西是对个体和普遍人口行使权力（规训与惩罚）的结果。普遍而言，后现代主义注重新的社会现实，比如思想和语言体制，它们是公共话语的条件，也是我们认识真理的条件。于是导致了对文化和社会现象的各种新型分析：谱系的、解构的、叙事的分析等等。在这些方面，后现代主义已经深入到人类学、社会学、司法学和法哲学等其他社会科学之中，引发出新的研究方法和新的分析对象。

一与多

对现代生活之转瞬即逝、昙花一现现象的诸种文化反应共有一个特点，那就是对一或整体的矜持，包括被再现客体的统一和被生产的艺术品的统一。现代派认为一个机器或一座城市都可能是一个整体的、顺利工作的客体，一部小说或一件艺术品都是完整的、自足的、有意义的整体。即便在运用多种方式进行实验的地方，其试图传达的也是一个单一的、复杂的、多面的现实。即便是在像绘画这样一种让人眼花缭乱的特殊艺术观念中，人们也相信无论如何都能发现艺术的真实形式。

即便"现代主义"在哲学和社会理论中没有相同的分类术语，但在认识论上也有与此相同的对一的依赖。现代主义思想对视角主义的宽容是建立在这样一个前提之下的，即有一个单一的、可理解的、有待表现的现实。即便在接受表面矛盾的情况下，如马克思关于资本主义矛盾的论述，或弗洛伊德关于意识行为的论述，也必然会发现一个基础结构与之相平衡，正是这个基础结构产生了这些矛盾效应。在这个意义上，哈维提出现代主义采纳多元视角主义和相对论作为认识论，以揭示一个尽管复杂却统一的基础现实的真实本质。对比之下，后现代主义则接受差异和多元，将其作为存在方式和认识方式。无论是文本还是艺术品，与认识之统一客体这一理想相对立，后现代主义指的是网络，开放系统，或意义的播撒。与现代主义之统一科学的理想相对立，后现代主义认为各种知识变体之间存在着不可简约的差异，甚至是不可互补的差异。

后现代主义者在疏远他们生活其中的社会的同时，努力赋予差异以实证的意义，并常常依赖反讽的概念。安伯托·艾柯就提出，后现代立场被包裹在反讽之中，这种反讽在言行之中完全意识到我们的言行方式在何种程度上涉及对过去的重复："后现代对现代的回应包含着对过去的承认，因为过去不可能真正被毁掉，因为其毁灭导致了沉默，因此必须重访，但不是天真地，而是必须通过反讽。"罗蒂曾经把献身于真理之统一和等级制价值观的研究的形而上思想家与反讽论者进行过对比，发现后者完全明白他们用来表现生活的终极词汇中包含着偶然性和变数。他认为，就后现代主义与哲学的独特关系而言，它指的是多元主义，也就是从尼采到威廉·詹姆斯等诸多思想家所共享的多元主义。他在 20 世纪 80 年代用"后现代主义"一词描写自己的哲学，以及海德格尔和德里达的哲学，用利奥塔的话说就是"不可信的元叙事"，罗蒂后来对这个词的有用性表示怀疑。在《论海德格尔及其他人》一书的前言中，罗蒂说他不再在迈克尔·格拉夫的建筑、品钦和拉什迪的小说、阿斯贝里的诗歌、各种通俗音乐以及海德格尔与德里达的著作之间寻找共性了。他放弃了对文化的每一方面进行分期化，而愿意对特殊科目和样式的文化活动进行分期化，这意味着所谓的后现代哲学充其量是后尼采哲学和实用主义哲学。在后来的文章中，他说后现代的定义如此纷繁复杂，但大多数都与整一的丧失相关。

普遍性与自由

后现代主义哲学中最有影响的著作之一是利奥塔的《后现代状态》。书中，利奥塔用"现代"指任何形式的、通过诉诸某种"宏大叙事"而求得合法性的知识。这种宏大叙事包括：精神的辩证法，意义的诠释学，理性或工作主体的解放，或财富的创造。接着他把后现代态度描写为"对元叙事的怀疑"。利奥塔并不关心作为历史时代的后现代性，因为他的研究仅限于"最发达社会中的知识状况"。他意在表明，科学知识的所谓超验地位是由某种叙述性语言游戏保持的一种幻觉，一旦人们普遍认识到科学知识的特殊地位建立在科学的特权之上，即高于其他一切学科之上的特权时，这个幻觉就会立即消失。在欧洲哲学中，这种合法化叙事遵循两条路线，一条是遵循启蒙运动的路线，即介乎于知识追求与人类解放之间；另一条是把德国唯心主义的历史解释视作理性通过科学得以实现的过程。利奥塔断言，这些元叙事不但失去了吸引力，超验合法性的观点也让位于各种合法形式，它们都内在于局部特殊的社会实践和生活形式之中。因此，后现代状态就是要求我们接受多元的微观叙事，寻找其他方法来表达作为其结果的冲突，而不能用单一的主导叙事或宏大叙事来强行表达。

在《现代性——一个未完成的事业》中，哈贝马斯有力地回应了利奥塔和其他后结构主义者。他把现代性的哲学事业描写为一种欲望，即把康德区分的三个文化价值领域统一起来的欲望，即理论、实践、美学这三大领域，进而把这三种独特判断的结果应用到日常生活的改善上来。根据这个观点，现代性就被蕴含在启蒙运动思想家的规划之中，即根据其内在逻辑发展客观科学、普世道德和法律、自治艺术等。同时，这项事业也力图把每一个领域的认知潜力从其神秘形式中解放出来。启蒙哲学家们想要利用这种特殊的文化积累来丰富日常生活，也就是理性地组织日常的社会生活。实现这一计划的最大障碍就是这些领域的相互分离，无论在制度上、内在逻辑上还是论辩形式上，它们都越来越脱离由工具理性所主导的生活世界。

　　哈贝马斯对这个问题提出的解决办法就是诉诸语言用法中蕴含的程序理性，也就是他所说的交往理性，并用此恢复主体间的一致性。他对现代性问题的判断和解决措施都是以启蒙运动的信念为基础的，即普遍的判断标准对于理性的发展和道德进步都是必要的。对比之下，后现代思想家们拒不承认人类事务中的进步，而认为现在的许多方面已经不同于过去。他们拒绝接受普遍的判断、价值或合法性的标准。哈贝马斯把福柯、德里达和利奥塔等法国思想家视为"年轻的保守派"，但他们并不希望抛弃自由和解放的理性，而只抛弃将此与普遍性、统一性和共识相联系的方法，而且是以启蒙运动的名义。

　　为回应哈贝马斯的批评，福柯以其谱系学研究表明他对现在的批评态度始终是属于启蒙运动的。谱系学批评并不寻求人类知识和道德行为的普遍结构，而采纳历史研究的方法，探讨我们所建构的各种主体。福柯不赞成人类理性是不变的、未分化的能力的观点，而视其为被分化的各不相同的理性，通过医学、纪律或性等特殊思想和实践体系表现出来。福柯认为，这种历史研究的目的是要把那些普遍的、必要的、义务的东西确定为被单一的、偶然的、任意束缚的产物所占据的场所。因此，福柯不是要证明由普遍理性所控制的社会生活中的人类取得的进步，而是从相反的方面证明人类的自由进步恰恰是为了逃避特殊形式的控制。对许多后结构主义者来说，自由并不是普遍价值标准的产物，他们也不认为不同见解最终不能导致共识。相反，不同意见和不可简约的差异恰恰是自由的条件，创造的条件，改造人类生存环境的条件。

差异与多元

利奥塔在后期著作中[1]提出了 differend 这个术语，以表示政治和道德判断方面的后现代状况。differend 指不同表达和话语领域中不同党派表达语句之间的冲突，即表达语句之间的不相容性。结果，党派之间的冲突就由于缺乏双方可以共同遵守的判断规则而无法和平解决。在实践上，一个党派总是要向另一个党派强行实施话语权。福柯也认为不同话语领域之间存在着根本差异。他把他对现实的批判看作是支持过去之差异性的批判，而不是趋向某一未来同一性的运动。然而，这种对差异性的关注却可以追溯到德勒兹和德里达在 20 世纪 60 年代发表的哲学著作。二者都力图建构关于差异的一种非辩证的概念，既不是同一性的简单对立，也不能与同一性构成"辩证的"统一。于是，黑格尔就成了他们批评的焦点，因为黑格尔把同一性看作是基本的，是第一位的，而把差异性看成是派生的，第二位的，因而代表着这一形而上传统的巅峰。在《差异与重复》中，德勒兹毫不含糊地拒绝黑格尔在差异与矛盾之间建立的联系，指出矛盾不是产生差异的条件或缘由。相反，不是差异决定对立，而是对立决定差异；解决差异不能靠把差异追溯到一个缘由，因为是对立背叛了差异，扭曲了差异。局限性或对立是对差异的扭曲，因为差异本身包含着一大群差异，众多自由的、野性的、未驯化的差异。同样，在《文字学》中，德里达阐述了海德格尔在存在与存在者之间做出的本体差异概念，将其与索绪尔的差异观区别开来，后者把不同的意指单位放在一个符号系统中，从而提出了延异说，也就是意义的推迟和差异，这恰恰是一切意义生产的基础。

德勒兹和德里达都关注如何建构对象之同一性的问题，如意义、文本、

---

〔1〕 Lyotard, *The Differend: Phrases in Dispute*, University of Minnesota, Minneapolis: MN. 1988.

或符号等屈从于不断变化的对象的同一性。他们试图描述一种与自身并不同一的统一体。为此，德里达提出了一系列概念，如延异、踪迹、重复；而德勒兹则沿用伯格森的一个概念，即开放的、可变的多元性。在《千高原》中，这个多元性概念为一系列哲学概念提供了一个形式框架，这些概念包括欲望、主体性、语言运用、知识和社会组织形式。他和瓜塔里都认为，多元性概念的创造恰恰是为了逃避多与一之间的抽象对立，为了逃避辩证法，以便成功地构想纯粹状态的多，不再将其视作一个失去的整体或总体性的数字碎片，或即将到来的一个整体或总体性的一个有机部分，而是要区别不同类型的多元性。德勒兹和瓜塔里认为新概念的发明是一种新的哲学实践，其最终目的是产生新的言说和行为方式，以不同的眼光看待世界，进而创造新的世界和新的人。

人们在谈到后现代哲学的时候，往往把德勒兹、德里达和福柯看作是"后现代"理论家，而把詹姆逊和哈维看作后现代性的理论家。大体说来后现代性理论家采纳马克思主义方法看待社会和文化，将其看到的文化现象视为社会总体的表征，并据此进行判断。他们的"现代主义"社会理论假设一个总体画面是可以勾画出来的，而各种文化现象则可根据某一经济逻辑来理解。他们认为可以与批评对象拉开距离，而适当的解释框架就可以提供这种距离。对比之下，后现代理论家们倾向于抛弃经济或社会决定论的其他形式，同时抛弃社会和历史的总体化观点，而热衷于多元、重叠、发散性历史，即特殊的社会群体、民族或阐释框架（权力、欲望、身体等）所书写的历史。二者间的区别并不是绝对的，因为鲍德里亚、福柯和利奥塔在其职业生涯的不同阶段属于这两个不同的阵营。然而，后现代理论家的特点在于他们自觉地采用不同的理论方式，同时也在寻找新的批评策略，以避免批评对象之外或与批评对象无关的观点。

仿真与模拟

　　寻求差异的哲学，即把差异作为实证之对象的哲学，不仅仅是把差异性与同一性的传统等级颠倒过来。等级的颠倒并不改变所涉及因素之间的基本关系，也不改变这些因素的性质。由于这个原因，德里达的解构哲学总是要在颠倒最初的等级制之后预见下一个阶段，即一个新概念的突然出现，不再包含在以前的领域中、永远不会包含在这个领域中的一个概念。他在文章中提出一系列这样的概念，包括踪迹、一般写作、隐喻性、柏拉图的药等，所有这些都是为了打破哲学中概念的对立和等级制。同样，在《柏拉图和仿真》中，德勒兹也指出，仿真的概念是用来破坏或颠覆同一性的基础的，这在柏拉图的理式概念中体现为：现实不过是一种不完善的拷贝。

　　然而，社会学家让·鲍德里亚却启用德勒兹提出的仿真概念，将其用于日常生活的方方面面。在早期著作中，鲍德里亚就提出，20世纪末的工业社会已经进入一个新阶段，社会关系是由消费而非生产构成的。他认为，马克思所说的商品是为了实现交换价值而生产的，因此，马克思关于商品的论述现在必须由关于商品的符号信息论所取代，即商品已经成为符号，其生产是为了实现其"符号价值"，商品成了社会意指符码中的区别性因素。在20世纪80年代初发表的一系列文章中，鲍德里亚基于这种分析和其他关于大众媒介之权力的论述，提出社会已经进入一个新时代，仿真已经取代再现，成为主导意指原则。这些文章集成论文集于1983年发表，把尼采的形而上学批判与现阶段的社会生活描述结合起来，指出现阶段的社会生活已经进入仿真领域，其中现实与各种再现形式之间的区别已经被打破。按鲍德里亚的说法，社会生活分为许多方面，比如媒介，其符号和其他再现形式并不真实地再现一个先存的现实，而是发挥那个现实的功能。结果，就实用的方面看，我们生活在一个超现实的由各种再现形式构成的社会世界里，这些再现形式没有指涉物，各种形象也没有源头。媒介的多产和传达信息的速度创造了一个永恒的文化在场，在这个在场中，当代社会已经开始失去保留过去的能力。

批评家们对鲍德里亚著述的虚无主义、印象主义和高度选择性表示反对，但他把技术、媒介和政治事件作为仿真的分析却使人们注意到 20 世纪末社会现实经验的病理性质。人们批评他的文章未能为批评提供坚实的基础。然而，鲍德里亚公开承认这些文章在风格上是反讽的和夸张的，将其描述为"理论－虚构"，意在挑战当代常识，而不是要让人们信服。这种挑战性功能往往被用来为后现代理论辩护。有人提出，后现代理论充其量是质疑既定概念，使人注意到传统的普遍主义和人文主义是排除差异或把差异边缘化了。

后现代理论也由于其对规范性问题的局限和否定而受到批判。批评家们断言福柯、利奥塔等人的反普遍主义不能为道德或政治判断提供基础，更不能为社会改良运动提供理由。而辩护者们则提出，他们的目的更加有限、更加谦虚，即只在可能的限度内思考或言说，以便促进新规范的出现，而这些新规范也可以成为判断的基础。有人认为，质疑现存思维方式、挑战现存规范，最终都是有局限性的，而后现代主义者的回应则是，不这样做就限制了以不同方式思考和行动的可能性。他们因此提出，后现代精神应该被视为每一种真正的批判思维的必要组成部分。